Mira Sol

Die drei !!!

Skandal auf dem Laufsteg

KOSMOS bei CARLSEN

Außerdem in der Reihe Die drei !!! im Carlsen Verlag lieferbar:
Die drei !!! – Achtung, Spionage!
Die drei !!! – Die Maske der Königin
Die drei !!! – Filmstar in Gefahr / Tanz der Hexen
Die drei !!! – Gefahr im Fitness-Studio
Die drei !!! – Gefahr im Reitstall
Die drei !!! – Geheimnis der alten Villa
Die drei !!! – Im Bann des Flamenco
Die drei !!! – Im Bann des Tarots
Die drei !!! – Kuss-Alarm!
Die drei !!! – Nixensommer
Die drei !!! – Skandal im Café Lomo!
Die drei !!! – Tatort Geisterhaus / Skaterfieber
Die drei !!! – Tatort Paris
Die drei !!! – Unter Verdacht
Die drei !!! – Vorsicht, Strandhaie!

MIX
Papier aus verantwortungsvollen Quellen
FSC® C083411
FSC www.fsc.org

Veröffentlicht im Carlsen Verlag
September 2019
Mit freundlicher Genehmigung des Franckh-Kosmos Verlages

Umschlagbild: Anike Hage
Umschlaggestaltung: formlabor
Corporate Design Taschenbuch: bell étage
ISBN 978-3-551-31814-5

Die drei !!!

Skandal auf dem Laufsteg

Eine Leiche im Kühlschrank

Marie fuhr wie der Teufel. Der Wind trieb ihr die Tränen in die Augen und ließ ihr nasses Haar wild im Nacken flattern. Ihre Waden schmerzten höllisch vom ausdauernden Treten in die Pedalen. Aber die Anstrengung hatte sich gelohnt: In knapp hundert Metern Entfernung konnte sie schon das kleine Bauernhaus sehen, in dem ihre Freundin und Detektivkollegin Franzi mit ihrer Familie wohnte. Marie warf einen kurzen Blick auf die Armbanduhr. Sie hatte die Strecke von der Oststadt bis hierher im Rekordtempo von 13 Minuten geschafft! Leider war sie trotzdem viel zu spät dran. Marie biss sich auf die Lippe. Mist, es gelang ihr fast nie, pünktlich zu den Clubtreffen mit Kim und Franzi zu kommen. Schuld daran waren die vielen Termine, die sie unter der Woche hatte: die Aerobic-, Ballett- und Yogastunden, die Schauspielgruppe, der Gesangsunterricht, und dann wollte sie natürlich auch noch ihren Freund Holger so oft wie möglich treffen. Das alles war gar nicht so einfach unter einen Hut zu bringen.

Bestimmt würde Franzi sie gleich wieder mit einem ihrer blöden Sprüche begrüßen: *Hast du deine Beine nicht mehr entknotet gekriegt? Hat dich der Theatervorhang erschlagen?* Oder: *Hat dich Holger entführt und eingesperrt?* Wenn Franzi richtig sauer war, sagte sie sogar Dinge wie: *Dir ist der Detektivclub nicht mehr wichtig!* Marie schnaubte. Das stimmte natürlich überhaupt nicht. Der Club mit Kim und Franzi war für Marie das Beste und Größte überhaupt. Aber sie

wollte später mal eine berühmte Schauspielerin oder Sängerin werden, und dafür musste sie jetzt eben schon viel tun. Marie seufzte. Es war zu blöd, dass ihr heute auch noch dieser kleine Unfall dazwischengekommen war und sie wertvolle Zeit verloren hatte. Aber wenn sie Kim und Franzi erst mal ihre Überraschung präsentierte, würden die beiden hoffentlich nicht mehr sauer sein …
Marie bog in die Einfahrt ein und ließ das Rad auf dem schmalen Kiesweg neben dem Bauernhaus ausrollen. Der Pfad führte in einem sanften Bogen durch den weitläufigen Obstgarten und endete vor einem großen Schuppen. Die Dachziegel des Gebäudes waren von Moos überwachsen und das Holz der Wände von Sonne und Regen ausgeblichen. Niemand, der zufällig vorbeikam, würde jemals vermuten, dass sich in diesem abgelegenen Häuschen das Hauptquartier der drei erfolgreichen Detektivinnen Kim Jülich, Franziska Winkler und Marie Grevenbroich – auch *Die drei !!!* genannt – verbarg. Sie hatten den ehemaligen Pferdeschuppen schon vor langer Zeit entrümpelt, frisch gestrichen und neu eingerichtet. Neben einer gemütlichen Sitzecke, einem Bollerofen für die kälteren Tage, diversen Regalen und einem Rollcontainer, in dem sich ihre umfangreiche Detektivausrüstung befand, gab es sogar eine alte Kutsche mit Verdeck, in die sie sich zu besonders geheimen Besprechungen zurückziehen konnten. Marie spürte sofort wieder das Kribbeln im Bauch, das sie jedes Mal bekam, wenn sie an den Detektivclub dachte. Zusammen mit Kim und Franzi hatte sie jetzt schon fast fünfzig gefährliche Fälle gelöst – und sie hatte noch lange nicht genug von der Verbrecherjagd!

Marie war so in ihre Gedanken vertieft, dass sie erst im letzten Moment bemerkte, dass sie ihr Ziel schon erreicht hatte. Die Wand des Pferdeschuppens schien auf sie zuzurasen. Sie legte eine Vollbremsung hin. Das Hinterrad scherte zur Seite aus und es prasselte laut, als Sand und kleine Steinchen gegen die Holzwand geschleudert wurden. Keine zehn Zentimeter davor kam Maries Mountainbike zum Stehen. Sie sprang ab, klopfte sich den Schmutz aus der Jeans und tupfte mit einem Taschentuch notdürftig die verschmierte Wimperntusche aus dem Gesicht. Durch eines der kleinen Fenster im Schuppen konnte sie Kim und Franzi sehen, die am Tisch saßen. Ihre Freundinnen machten ziemlich genervte Gesichter.

Marie straffte die Schultern und zog die schwere Holztür zum Pferdeschuppen auf.

Auf Franzis Stirn erschien eine steile Falte, Kim zog die Augenbrauen hoch und öffnete den Mund. Bevor sie etwas sagen konnte, rief Marie: »Sorry, Mädels! Ich weiß, ich bin mal wieder zu spät dran, aber …« Sie stockte. Ihr Blick war auf die gegenüberliegende Wand gefallen. Dort waren Pappkartons zu einem hüfthohen Turm gestapelt, und daneben befand sich ein großer silberfarbener Kühlschrank. Diese Gegenstände hatten sich beim letzten Clubtreffen definitiv nicht im Schuppen befunden!

»Was ist denn *hier* los?!«, platzte Marie heraus. In diesem Moment schwang die Tür wieder zu und versetzte ihr einen Stoß in den Rücken. Sie taumelte in den Raum hinein und konnte sich gerade noch am Tisch festhalten, um zu verhindern, dass sie der Länge nach auf den Boden aufschlug.

»Pass doch auf!«, rief Kim erschrocken. Sie griff nach ihrer Tasse, die gefährlich ins Schwanken geraten war. Kakao schwappte heraus und eine braune Pfütze breitete sich auf dem Tisch aus. Kim schüttelte verärgert den Kopf. »Also echt: zu spät kommen und dann noch so eine Show abziehen.« Sie schnappte sich ein paar Servietten und versuchte den Kakaosee damit aufzusaugen.
Als sie wieder aufsah, stieß sie einen spitzen Schrei aus. »Deine Haare sind ja ganz nass! Was ist passiert?«
Bevor Marie antworten konnte, rief Franzi: »Und deine Wimperntusche ist verlaufen.« Sie beugte sich vor und beäugte Marie kritisch. »Außerdem hast du kein Lipgloss und keinen Lidschatten aufgetragen.«
»Ich kann mich nicht erinnern, dich jemals ungeschminkt gesehen zu haben«, warf Kim irritiert ein.
Franzi nickte langsam. Jetzt schien sie sich echte Sorgen zu machen. »Was ist passiert?«, fragte sie leise.
»Alles halb so schlimm«, beruhigte Marie ihre Freundin sofort. Sie strich sich eine feuchte Haarsträhne hinter das Ohr. »Ich erzähle es euch gleich. Aber erst erklärt ihr mir bitte mal, was *das* hier ist!« Sie deutete mit dem Kinn zur Wand und sah Franzi fragend an.
»Das ist ein Kühlschrank.«
»Ja, das sehe ich auch.« Marie nickte. »Aber was macht der hier?« Sie lief zu dem Ungetüm an der Wand. »Habe ich was verpasst? Steigt hier gleich eine Party?« Sie grinste. »Oder hast du eine Leiche drin versteckt?« Marie zog am Griff der Kühlschranktür. »Mal sehen …«
»Vorsicht«, rief Franzi. »Die ist empfindlich!«

»Wie, *die*?« Marie zog ihre Hand zurück. »*Was* ist da drin?!«
Franzi seufzte. »Mach doch auf und sieh selbst nach. Aber sei vorsichtig. Meine Mutter bringt mich um, wenn ihr was passiert.«
Marie sah ihre Freundin skeptisch an. Zögernd öffnete sie die Tür und sah in den Kühlschrank. Dann riss sie die Augen auf und rief: »Wow!« Bewundernd betrachtete Marie die fünfstöckige Torte, deren aufwendige Zuckerguss-Verzierung im Kühlschranklicht glänzte. »Die sieht ja aus wie vom Konditor. Die könnte man glatt an eine Hochzeitsgesellschaft verkaufen.«
»Genau das macht meine Mutter auch.« Franzi ergriff die nassen Servietten und warf sie in den Papierkorb. »Sie hat nämlich mit einer Freundin einen Backservice gegründet und verkauft jetzt Kuchen, Torten und Kekse an Freunde und Bekannte.«
»Echt? Das ist ja abgefahren.« Marie dachte an die leckeren Kuchen, die sie bei Franzi schon häufiger gegessen hatte. Frau Winkler konnte wirklich super backen. Aber bislang hatte sie das nur für ihre Familie getan. »Und, wie läuft das Geschäft?«
»Verdammt gut.« Franzi lächelte. »Ich glaube, die beiden sind selbst überrascht davon, welchen Erfolg sie haben. Sie haben so viele Anfragen, dass sie mit der Produktion kaum nachkommen.« Sie deutete auf den Stapel Kartons an der Wand. »Katja und Mama mussten sogar einen Teil der Kuchen hierher auslagern, weil bei uns in der Küche zu wenig Platz ist.«
Kim grinste. »Frau Winkler hat uns versprochen, immer ein

besonderes ›Catering‹ für unsere Treffen zu liefern, wenn sie eine Zeit lang den Schuppen als Lagerraum benutzen darf.« Sie leckte sich über die Lippen. »Von mir aus kann sie hier für immer als Untermieterin einziehen, wenn sie uns immer so gute Sachen hinstellt.« Kim betrachtete zufrieden die Platte, auf der ein gutes Dutzend zartgrüner Cremeschnitten drapiert war, die verlockend nach Waldmeister dufteten.

Marie grinste und setzte sich auf den freien Platz neben Kim. »Klar, du Naschkatze!«

Franzi verteilte die Waldmeisterschnitten auf drei Teller und schenkte Marie Kakao ein. Sie lächelte schwach. »Und dabei hatte Mama bloß nach einer Beschäftigung gesucht, mit der sie sich in der ersten Zeit nach dem Tod von Omi ablenken kann.«

Marie nickte. »Verstehe.«

Einen Moment lang aßen alle drei Mädchen schweigend. Nur das Zwitschern der Vögel draußen in den Bäumen war zu hören. Marie und Kim hatten Franzis Oma Lotti gut gekannt. Die drei !!! hatten sie früher öfter in ihrem Häuschen in Billershausen besucht und sich von ihr mit Pfannkuchen und köstlichem Schokoladenkuchen verwöhnen lassen. Dann war Oma Lotti lange Zeit krank gewesen und Frau Winkler hatte sich um sie gekümmert – bis die alte Dame ganz plötzlich an Ostern gestorben war. Marie dachte an den schrecklichen Moment, in dem sie es erfahren hatten, und musste schlucken.

»Ich vermisse sie.« Franzi legte die Kuchengabel weg und berührte ein kleines Medaillon, das sie an einem Lederband um den Hals trug. Ihr Freund Felipe hatte es ihr geschenkt

und Marie wusste, dass sie ein winziges Foto von sich und Oma Lotti darin aufbewahrte.
»Aber ich habe ganz viele schöne Erinnerungen an sie. Und in denen lebt sie weiter.« Franzi blickte in die Ferne.
»Und ob!«, sagte Kim. »Auch ich werde Oma Lotti nie vergessen!«
»Ich auch nicht!«, sagte Marie.
Franzi wischte sich eine Träne aus dem Auge und sah ihre Freundinnen an. Jetzt lächelte sie wieder. »Wir waren gestern auf dem Waldfriedhof bei Omis Baumgrab. Ganz in der Nähe blühen auf einmal hunderte von kleinen weißen Blumen. Es sieht wunderschön aus!«
»Das hätte deiner Oma bestimmt gefallen«, sagte Marie leise.
Franzi nickte. »Auf jeden Fall.« Dann fing sie an zu grinsen. »Aber Kims glückliches Gesicht beim Verdrücken der Waldmeisterschnitten nach ihrem berühmten Rezept bestimmt auch!«
Kim schob sich eine gehäufte Gabel voll in den Mund. Sie kaute genießerisch und schluckte. »Wirklich fantastisch.« Ihr Blick fiel erneut auf Maries ungewohnt verwuschelte Frisur. »Aber jetzt erzähl mal, was ist bei dir denn passiert?«
»Ich hab die Entfernung nicht richtig abgeschätzt.«
»Aha«, sagte Kim und blickte ratlos drein.
Marie verdrehte die Augen. »Ich habe mich von Holger breitschlagen lassen und bin mit ihm auf Parkouring-Tour gegangen …«
»Ich wusste gar nicht, dass man dabei auch schwimmen muss«, unterbrach Franzi sie grinsend.
»Muss man auch nicht«, antwortete Marie leicht genervt.

»Ich wollte auf unserer Trainingsstrecke über einen kleinen Goldfischteich springen und bin, statt auf der anderen Seite, mittendrin gelandet.«
Kim und Franzi begannen zu prusten.
»Ein kleiner, minimaler Anfängerfehler, meint Holger.« Marie wickelte sich eine Haarsträhne um den Finger. »Er hat mich netterweise sofort aus dem Teich gezogen. Aber ich musste noch mal nach Hause und mir trockene Klamotten holen. Deswegen bin ich auch zu spät dran. Dabei habe ich noch aufs Haareföhnen verzichtet!«
Kim grinste. »Ich ahne, welche Überwindung dich das gekostet hat …«
»Hey!« Marie boxte Kim leicht in die Seite.
Franzi zuckte mit den Schultern und grinste. »Ich finde es auf jeden Fall toll, dass du jetzt auch Parkouring machst!«
»Komm doch bei unserer nächsten Runde einfach mit«, schlug Marie vor. »Holger ist mittlerweile total gut und kann tolle Tipps geben. Wir wollen übermorgen …« Marie verstummte und sah zur Tür, die sich knarrend einen Spalt geöffnet hatte.
Eine Frau mit platinblonden Haaren und korallenrot geschminkten Lippen streckte den Kopf herein. Sie lächelte und zeigte dabei zwei Reihen perlweißer Zähne, die mit der Perlenkette um ihren Hals um die Wette zu glänzen schienen. »Hallihallo!«, rief sie energiegeladen in den Raum. »Hier ist ja jemand. Ich wollte bloß schnell das Gebäck einladen.«
Die Tür wurde ganz geöffnet und die Frau schlüpfte herein. Sie sah sich erstaunt um.

»Hallo, Katja!«, sagte Franzi. »Ich dachte, ihr holt die Kuchen erst in einer Stunde ab.«
Die Frau schien Franzi gar nicht gehört zu haben. Sie drehte sich um die eigene Achse und hob die Arme. »Das ist ja absolut entzückend hier!« Sie schüttelte ungläubig den Kopf. »Ich hatte ja nicht geahnt ... absolut ent-zü-ckend. Habt *ihr* das hier eingerichtet?« Ohne eine Antwort abzuwarten, durchquerte sie schnellen Schrittes den Raum und rief: »Und hier ist sogar eine Kutsche!« Katja strich über das Verdeck. »Ein antiker *Einspänner*! Absolut entzückend!«
Die drei !!! sahen sich verdattert an. Selbst Franzi, die sonst nicht auf den Mund gefallen war, blieb stumm.
Franzis Mutter erschien in der Tür. Sie zwinkerte den drei Mädchen entschuldigend zu. »Ich habe mich in der Zeit vertan, wir müssen die Kuchen schon jetzt anliefern. Tut mir leid! Wir sind auch gleich wieder weg.«
Franzi nickte. »Ja, geht klar«, sagte sie lahm.
Katja lud sich vier Kartons auf die Arme und strahlte die Mädchen an. »Einen schönen Nachmittag wünsche ich.« Sie drehte sich in der Tür noch einmal um. »Wirklich, absolut entzückend hier!«
Frau Winkler nahm die restlichen Kartons und beeilte sich, den Pferdeschuppen zu verlassen. Sie winkte und rief: »Jetzt habt ihr eure Ruhe! Die Hochzeitstorte brauche ich erst morgen früh.«
»Dass du mir davon nichts erzählt hast«, hörte man Katjas Stimme vor dem Schuppen. »Elke ... das ist wunderbar ...«
Den Rest des Satzes konnte man nicht mehr hören, weil die Frauen sich entfernt hatten.

Franzi verzog den Mund. »So habe ich mir das aber nicht vorgestellt. Die beiden können doch nicht einfach reinplatzen und unsere Clubsitzungen stören. Ich werde mit Mama reden.«
Kim nickte. »Ja, das wäre gut.« Sie nahm einen Schluck Kakao und runzelte die Stirn. »Nicht auszudenken, wenn diese Katja mitten in eine geheime Detektivbesprechung hineingeplatzt wäre!«
»Dafür bestand ja heute keine Gefahr.« Franzi rührte missmutig in ihrer Tasse. »Wir hatten schon seit über acht Wochen keinen Fall mehr.«
»Echt, schon so lange?« Kim wuschelte sich durch ihre kurzen dunklen Haare. »Wir müssen dringend etwas unternehmen, sonst rosten wir noch ganz ein.«
Marie tippte sich an den Kopf. »Das hätte ich jetzt fast vergessen: Es gibt eine Neuigkeit!«
Franzi sah Marie erwartungsvoll an. »Hast du einen neuen Fall für uns?«
»Leider nein. Aber ich habe eine andere Überraschung für euch.« Marie kramte in ihrem Rucksack. »Ich hoffe, ihr habt morgen Abend noch nichts vor!«
Kim und Franzi sahen sich an. »Ich glaube nicht«, antwortete Franzi schließlich. Auch Kim schüttelte den Kopf. »Nun sag schon, was ist deine Überraschung?«
Marie zog drei Karten hervor und hielt sie hoch. »Tessa hat uns Karten für das *Theaterfest* geschenkt!«
»Du meinst das Riesen-Event zur Wiedereröffnung vom Stadttheater?« Kim machte große Augen. »Dazu stand heute etwas in der Zeitung. Die Karten sind so begehrt, dass die

Leute irrsinnige Preise auf dem Schwarzmarkt dafür bezahlen!«
Marie nickte zufrieden. »Eine Kollegin aus Tessas Filmteam hat Beziehungen zum Theater und ihr die Karten geschenkt. Eigentlich wollte sie mit meinem Vater, Lina und mir hingehen.« Marie zuckte mit den Schultern. »Aber Lina hat die Grippe bekommen und liegt seit gestern im Bett. Deshalb kann sie nicht mitkommen. Und mein kleiner Bruder bekommt seinen zweiten Zahn und ist total quengelig. Den kann man gerade gar nicht mit der Babysitterin alleine lassen. Also hat Papa vorgeschlagen, dass Tessa mit mir auf den Ball gehen soll und er sich zu Hause um Finn und Lina kümmert.«
»Das ist aber nett von deinem Vater!«
Marie nickte. »Stimmt. Ich glaube allerdings, dass er schon so viele Galas und Bälle in seinem Leben besucht hat, dass er dieses eine Event gerne mal sausen lässt.«
Maries Vater war ein berühmter Schauspieler, der vor allem durch seine Rolle als Kommissar Brockmeier in der Vorabendserie *Vorstadtwache* bekannt geworden war. Er war viel unterwegs und drehte Filme im In- und Ausland. Seit Finn da war, versuchte er allerdings, sooft es ging, in der Nähe ihrer Stadt zu bleiben, um Tessa zu unterstützen.
»Ich finde es auch echt nett von Tessa, dass sie uns die beiden restlichen Karten gibt«, stellte Kim fest.
Marie nickte. »Tessa hat sofort zugestimmt, als ich sie gefragt habe.« Sie grinste. »Das wird bestimmt ein super Mädels-Abend: Promis gucken, das Gourmet-Buffet plündern, tanzen, Live-Acts sehen … und es gibt zum Abschluss eine gro-

ße Modenschau von verschiedenen Designern, die exklusiv ihre neuen Kollektionen vorstellen!«

Franzi verdrehte die Augen. »Modenschau – langweilig!« Dann grinste sie. »Aber alles andere klingt super, besonders das Tanzen!«

»Absolut!« Kim nickte heftig.

»Wir holen euch morgen mit dem Auto ab, und wenn ihr Lust habt, könnt ihr nach dem Ball bei mir übernachten«, sagte Marie. »Dann hat auch Kims Mutter bestimmt nichts dagegen.«

»Danke!« Kim fiel Marie um den Hals.

Marie beneidete ihre Freundin wirklich nicht: Ihre Mutter war ziemlich streng und setzte sich in Erziehungsfragen meist gegen Kims Vater durch, der alles etwas lockerer sah. Deshalb gab es oft Theater, wenn Kim abends etwas unternehmen wollte. Frau Jülich wollte immer ganz genau wissen, mit wem und wie lange ihre Tochter unterwegs war. Außerdem musste Kim immer spätestens zum Abendessen zu Hause sein. Marie war froh, dass ihr Vater und Tessa ihr vertrauten und ihr viel mehr Freiheiten ließen.

Franzi zog die Haargummis an ihren kurzen roten Zöpfen fest und lächelte Marie an. »Die Überraschung ist dir echt gelungen! Vielen Dank für die Einladung!«

»Gerne geschehen! Ich freu mich schon drauf!« Marie hob ihre Tasse. »Wir können ja nicht dauernd Verbrecher jagen. Zwischendrin muss man auch mal ordentlich feiern!«

»Yes!«, riefen Kim und Franzi wie aus einem Mund und prosteten Marie mit ihren Bechern schwungvoll zu.

»Nein!«
Marie drehte sich erschrocken auf dem Beifahrersitz herum. Frau Jülichs Stimme klang ungewohnt spitz und hoch, ihre Wangen waren gerötet und die Fingerknöchel der Hand, mit der sie sich an der Autotür festhielt, traten weiß hervor.
»Zum letzten Mal: Nein!«, keuchte sie. »Du bleibst hier!«
Kim verdrehte die Augen. »Nicht schon wieder.« Sie kletterte aus dem Van und lief zur anderen Seite des Wagens, an der ihre Mutter sich gerade abmühte.
Marie und Franzi sahen interessiert zu, wie Kim gemeinsam mit Frau Jülich den wuscheligen und mittlerweile fast ausgewachsenen Hundemischling vom Rücksitz bugsierte.
»Pablo, sitz!«, sagte Kim streng. Der Hund kläffte und schüttelte sich so, dass seine schwarz-weiß gefleckten Schlappohren ihm um den Kopf klatschten. Dann schleckte er Kims Hand ab und setzte zu einem neuen Sprung ins Auto an. Aber Kim hielt ihn unerbittlich am Halsband fest.
»Brauchst du Hilfe?«, rief Franzi.
»Danke, wir haben's gleich geschafft«, rief Kim zurück. »Mama, hast du die Leine?«
»Dieser Hund macht mich noch wahnsinnig«, sagte Frau Jülich mit einem entschuldigenden Lächeln, als sie schließlich mit dem angeleinten Pablo neben dem Auto stand. Sie gab Tessa durch das offene Fenster die Hand. »Vielen Dank für Ihre Mühe. Ich hoffe, Sie können den Abend genießen!«

Tessa lächelte. »Ganz bestimmt! Ich freue mich schon drauf!«
»Und denk dran, Kim: Nicht zu spät ins Bett gehen!«, rief Frau Jülich noch, als Tessa den Motor anließ.
Kim nickte mechanisch. »Jaha!«
Sie senkte den Kopf und zischte: »Können wir jetzt bitte einfach ganz schnell losfahren?«
Tessa zwinkerte ihr im Rückspiegel zu und gab Gas. »Dann mal los!«
Kim ließ sich in den Rücksitz zurücksinken. »Pablo ist unmöglich. Aber es ist auch kein Wunder, dass er sich so danebenbenimmt. Meine Brüder kümmern sich überhaupt nicht richtig um ihn und erziehen ihn nicht.«
Marie zupfte die Spitzenbordüre ihres dunkelblauen Samtminikleids zurecht, das sie für den Theaterball heute Abend ausgewählt hatte. Ihre schulterlangen Glitzerohrringe streiften ihren Hals. »Dabei haben sie doch so lange darum gebettelt, dass sie den Hund bekommen, oder?«
Kim nickte. »Allerdings. Sie haben hoch und heilig versprochen, dass sie sich um ihn kümmern werden.« Kim schnaubte. »Nichts machen sie! Mittlerweile gehen meine Eltern oder ich mit ihm raus. Und die Zwillinge spielen weiter Fußball oder zocken irgendwelche Computerspiele.« Sie nestelte an der Schleife ihrer Bluse. »Wahrscheinlich springt Pablo in jedes Auto rein, das in seiner Nähe hält, weil er einfach nur wegwill!«
Franzi grinste. »Das glaube ich nicht. Er fühlt sich doch sehr wohl bei euch, das sieht man eindeutig.« Ihr Gesicht wurde wieder ernst. »Aber deine Mutter kommt mir in der letzten Zeit extrem gestresst vor.«

»Stimmt.« Kim seufzte. »Der neue Job als Schulrektorin scheint ziemlich anstrengend zu sein. Jedenfalls ist sie immer total kaputt, wenn sie heimkommt, und wenn dann mal etwas zu Hause nicht so läuft, wie sie es geplant hat, flippt sie sofort aus.«

»Du musst ihr einfach ein bisschen Zeit geben. So einen verantwortungsvollen Job mit der Familie zu vereinbaren ist nicht leicht«, warf Tessa ein. Sie setzte den Blinker und fuhr auf die Hauptstraße. »Es wird bestimmt bald besser, wenn sie sich im neuen Job eingearbeitet hat.«

»Hoffentlich! So geht das nämlich nicht weiter.« Kim runzelte die Stirn. Dann lächelte sie aber gleich wieder. »Aber heute Abend habe ich keine Lust, mir Gedanken über zu Hause zu machen. Vielen Dank, dass wir mit zum Ball kommen können!«

»Aber gerne doch!«, antwortete Maries Stiefmutter gut gelaunt. »Ich freue mich, dass ich auch mal wieder rauskomme – und mit so netter Gesellschaft macht es noch viel mehr Spaß!«

Marie sah Tessa nachdenklich von der Seite an. Ihre Stiefmutter war in der letzten Zeit auch nicht gerade ausgeglichen. Seit Finn krabbeln konnte und neugierig die Gegend erkunden wollte, hielt er Tessa ganz schön auf Trab. Manchmal war sie schon am Nachmittag völlig fertig und reagierte dann auch nicht gerade entspannt, wenn mal etwas nicht so lief, wie sie sich das vorgestellt hatte. Dabei arbeitete Tessa gerade nicht. Marie fragte sich insgeheim, wie es in ein paar Monaten werden würde, wenn Tessa wieder ihren Job als Kamerafrau aufnahm.

Franzis Stimme unterbrach sie in ihren Gedanken: »Wen treffen wir jetzt gleich noch mal, bevor der Ball anfängt?«
»Donata Walden«, sagte Tessa. Sie hielt vor einer roten Ampel. »Sie ist eine alte Kollegin von mir. Donata hat ihren Job als Kostümbildnerin vor zehn Jahren hingeschmissen und angefangen, Modekollektionen zu entwerfen. Mittlerweile ist sie ziemlich erfolgreich mit ihrem kleinen, aber feinen Label *Waldens*. Sie zeigt heute Abend auf der Show etwas aus der neuen Herbstkollektion und hat mich eingeladen, sie vorher *backstage* zu besuchen.«
Die Ampel sprang auf Gelb und Tessa legte den Gang ein. »Und da ich dachte, dass euch die Vorbereitungen zu solch einer Modenschau vielleicht auch interessieren könnten, habe ich uns zu viert bei Donata angemeldet.« Tessa gab Gas und fädelte auf die rechte Abbiegerspur ein. »Ich hoffe, das ist in Ordnung für euch?«
»Auf jeden Fall!«, sagte Marie begeistert. »Das wird bestimmt total spannend!«
Franzi nickte. »Klar! Ich bin zwar kein Modefreak wie Marie, aber ich finde es interessant, mal zu sehen, was vor so einer Show passiert.«
»Finde ich auch«, sagte Kim sofort.
Zehn Minuten später parkte Tessa den Van auf dem großen Parkplatz am Stadttheater. Die Fassade des Gebäudes strahlte nach der Renovierung blütenweiß und der Eingangsbereich war festlich geschmückt. Einige Lieferwagen, aus denen gerade große Kabelrollen und riesige Boxen entladen wurden, waren seitlich davon geparkt.
Die drei !!! folgten Tessa, die in ihr Handy sprach. »Wir sind

jetzt da!« Sie lächelte und lauschte kurz. »Prima, alles klar. Bis gleich.« Sie steckte das Handy in ihre Tasche zurück. »Donata hat mir den Weg zum Hintereingang erklärt. Wir müssen hier lang.« Tessa eilte mit großen Schritten voran, wobei sie ihren roten Seidenschal festhielt, der hinter ihr herflatterte.

»Nicht so schnell«, rief Marie. »Kopfsteinpflaster!«

Tessa sah verwundert über die Schulter zurück. »Ja, und?«

Marie deutete auf ihre silberfarbenen Riemchensandalen mit den schmalen Keilabsätzen und runzelte die Stirn. Bevor sie etwas sagen konnten, hatten Kim und Franzi sie an den Seiten untergehakt und zogen sie mit sich. Marie stöckelte halbwegs sicher weiter.

Tessa grinste, als sie bei ihr angelangt waren. »Ihr seid wirklich ein eingespieltes Team.« Mit einem Augenzwinkern deutete sie auf Maries Schuhe. »Kannst du mit den Mörderdingern überhaupt tanzen?«

»Kein Thema!« Marie strich sich eine Haarsträhne hinters Ohr und grinste zurück. »Notfalls ziehe ich sie einfach aus.«

Tessa seufzte. »So jung möchte man wieder sein.« Dann schüttelte sie den Kopf und murmelte: »Oder lieber doch nicht.«

Sie lief ein paar Schritte weiter zu einer breiten Treppe, die zum Seiteneingang des Theaters führte, und zog eine schwere Holztür mit großem bronzenem Knauf auf. Sie gelangten in einen langen Flur, der mit einem dicken, dunkelroten Teppichboden ausgelegt war und in den hinteren Teil des Theaterfoyers führte. Hier befand sich ein Teil der Garderobenabgabe. Hinter einer mächtigen Edelholztheke warteten

lange Reihen blitzender Chromstangen mit Haken und Nummern auf die Mäntel und Jacken der Gäste. Zwei Frauen standen hinter dem Tresen und legten Programmhefte aus.
»Schick sieht es aus«, murmelte Tessa. »Die haben sich beim Renovieren nicht lumpen lassen.«
Die drei !!! sahen sich bewundernd um. Plötzlich erschallte eine Stimme: »Tessa, meine Liebe!« Eine etwa 60-jährige, zierliche Frau mit eisgrauem Bob lief mit offenen Armen auf sie zu. Sie trug ein türkisfarbenes, wallendes Gewand, das gut zu ihren stahlblauen Augen passte und unter dem silberfarbene Sneakers hervorblitzten.
»Waldi!« Tessa umarmte die Frau. »Schön, dich zu sehen. Vielen Dank, dass du uns ein bisschen was zeigst!«
»Das mache ich gerne! Ich freue mich, dass wir uns endlich wiedersehen!« Donata Walden zwinkerte. »*Du* darfst mich Waldi nennen, nur meinen alten Freunden erlaube ich das.«
Tessa lachte. »Danke!« Sie stellte Kim, Franzi und Marie vor.
Donata Walden gab den drei Mädchen die Hand. »Schön, dass ihr mitgekommen seid. Habt ihr Lust, ein bisschen Backstage-Luft vor der großen *Fashion-Show* zu schnuppern?«
»Na klar!«, riefen die drei Mädchen wie aus einem Mund.
Sie folgten Donata durch eine Metalltür, hinter der sich ein unendlich lang scheinendes Flursystem eröffnete. »Die Show findet im Hauptsaal statt«, erklärte Donata, während sie zielsicher voranging. »Unsere Umkleide-Location befindet sich auf der Bühne.« Sie lächelte. »Der Theatervorhang ist natürlich geschlossen.«

»Und wo laufen dann die Models, die die Kollektion vorführen?«, fragte Marie verwirrt.
»Das wirst du gleich sehen.« Donata öffnete eine weitere Tür. Sie betraten einen riesigen Raum, in dem vier große offene Zelte aufgestellt waren. Dazwischen wuselten irrsinnig viele Menschen hin und her. »Wir befinden uns hier im hinteren Bühnenbereich. Hier wird nachher die Hölle los sein. Jeder Designer hat für seine Models und die Kleider eine eigene Abteilung bekommen, damit das Chaos nicht zu groß wird. Es ist schon schwierig genug, dass jedes Model zum richtigen Zeitpunkt mit dem richtigen Outfit pünktlich auf den Laufsteg kommt, da kann man keine Verwechslungen brauchen.«
Franzi wich einem Techniker aus, der zwei große Scheinwerfer trug. »Es ist ja jetzt schon ganz schön unübersichtlich«, stellte Franzi fest.
Donata lief an den Zelten vorbei auf den geschlossenen Theatervorhang zu. Sie zog ihn ein Stück zur Seite. »Ein Teil der Bestuhlung wurde entfernt, um Platz für den Catwalk zu machen.«
Marie trat hinter sie und konnte einen breiten Steg sehen, der nahtlos an den Bühnenrand anschloss und von dort aus quer durch den Zuschauerraum lief. Sie pfiff durch die Zähne. »Was für ein Aufwand.« Marie hatte schon mal an einem Casting und an einem Model-Contest teilgenommen, aber so einen langen und professionellen Laufsteg hatte sie noch nie aus der Nähe gesehen.
Donata nickte. »Ich bin sehr zufrieden. Hier kann man wirklich hervorragend präsentieren. Kommt, ich zeige euch ein paar meiner Kleider.«

In dem Zelt, an dem ein Schild mit der Aufschrift *Waldens* hing, trafen sie auf eine junge Frau, die gerade eine schwere, goldfarbene Kette und einen Schal mit Blumenprint zu einem langen Chiffon-Kleid auf einen der fahrbaren Ständer hängte.

»Das ist Estelle, meine Assistentin«, sagte Donata. »Ohne sie wäre ich komplett aufgeschmissen. Ich habe es nämlich nicht so mit der Ordnung.«

Estelle lachte und warf ihre langen kupferroten Haare nach hinten über die Schulter. »Übertreib doch nicht. Du bist eben der Kreativmensch mit den fantastischen Ideen. Und ich helfe dir, den Überblick zu bewahren.« Sie strich vorsichtig eine Falte an einem weißen, mit Silberfäden durchwirkten Cape glatt und betrachtete es bewundernd. »Schnörkellos und elegant, aber mit dem besonderen Extra.« Sie bog die Stoffkante um, die die Knopfleiste verbarg. Eine Reihe silberner Knöpfe in unterschiedlichen Formen und Größen kam zum Vorschein. »Ich liebe deine *Glamour-Day*-Herbstkollektion!«

»Danke!« Donata lächelte. »Hoffentlich liebt sie das Publikum nachher auch!«

»Das wird es ganz bestimmt«, warf Tessa ein. »Deine Kleider sind wunderschön!«

»Aber die Konkurrenz schläft nicht«, sagte Donata leise. »Das ist ein knallhartes Geschäft, kann ich euch sagen. Man muss schon sehr auf Zack sein, um da mitzuhalten.« Sie schüttelte den Kopf, als wolle sie unangenehme Gedanken vertreiben. »Kommt, ich zeige euch die Stylinglocation.«

Die nächste Stunde verging wie im Flug. Nachdem ihnen

Donata den winzigen Bereich gezeigt hatte, in dem bis zu fünf Models gleichzeitig geschminkt und frisiert werden konnten, halfen die drei !!! und Tessa Estelle dabei, die restlichen Outfits auf Kleiderbügeln zusammenzustellen und sie mit den Schildern zu versehen, auf denen die Namen der Models und die Reihenfolge des Auftritts standen. Dabei erzählte Donata Geschichten zur Entstehung der jeweiligen Kleider und wie sie ihre Ideen fand.

Marie war begeistert und stellte so viele Fragen, dass Donata ihr anbot, sie einmal in ihrem Atelier in der Stadt zu besuchen.

»Das ist toll, danke!«, antwortete Marie.

Donata sah auf die Uhr. »Dann habe ich nämlich noch ein bisschen mehr Zeit. Jetzt muss ich mich entschuldigen, ich habe einen Termin mit den Ton- und Lichttechnikern.«

»Du bist gar nicht beim Fest dabei?«, fragte Tessa erstaunt.

Donata schüttelte den Kopf. »Es gibt hier noch so viel zu tun. Nach den Technikern kommen schon die Models, und ich will die Outfits überprüfen. Wir feiern nachher, wenn die Show gelaufen ist.«

Sie umarmte Tessa und gab den drei Mädchen die Hand. »Wir sehen uns! Aber jetzt erst mal viel Spaß!«

»Den werden wir haben«, sagte Franzi und hüpfte übermütig auf und ab. Dann lugte sie durch den Spalt im Theatervorhang. »Da sind ja schon massenhaft Leute!«

»Dann nichts wie raus mit euch«, sagte Estelle lächelnd. »Ihr könnt den Laufsteg nehmen, dann geht es schneller.«

»Prima.« Marie grinste. »Mein geheimster Wunsch geht in Erfüllung. Kommt!« Sie drehte sich zum Vorhang um und zog ihn ein Stück zur Seite. Im nächsten Moment stieß sie einen Schrei aus – zeitgleich mit der Gestalt, die wie aus dem Nichts auf der anderen Seite aufgetaucht war.

»Um Himmels willen«, rief der junge Mann und riss die Arme hoch. Ein Umschlag fiel ihm aus der Hand und segelte zu Boden.

»Haben Sie mich erschreckt!«, rief Marie.

Der Mann fuhr sich durch das halblange, dunkelbraune Haar und zupfte am Kragen seines schwarzen Pullis. »Und du mich erst!«

Franzi hob den Umschlag auf und reichte ihn dem Mann. Er entriss ihr das Papier, ohne sich zu bedanken, und eilte in Richtung der Styling-Zelte davon.

Marie sah ihm erstaunt nach. »Wer war das denn?«

»Valentin Kerner. Er ist ein junger Designer, ein Newcomer, der ebenfalls heute seine neue Kollektion zeigt«, sagte Donata. Sie lächelte Marie an. »Er ist noch nicht lange im Geschäft und wahrscheinlich ziemlich nervös vor dem heutigen Abend. Ich hoffe, du hast dich nicht zu sehr erschreckt?«

»Nein, nein«, murmelte Marie, immer noch etwas verwirrt. Im selben Moment ging ein Blitzlichtgewitter am Saaleingang los. Marie reckte den Hals. Sie sah eine Frau und zwei Männer, die sich gerade am Champagnerstand Gläser geben ließen. Die Frau trug ein bodenlanges, feuerrotes Abendkleid und hatte lange, glänzende schwarze Haare. Die Männer neben ihr, in perfekt sitzenden Anzügen und weißen Hemden, prosteten ihr zu. Marie kniff die Augen zusammen. »Da sind Adrian, Sandra und Luc!«

»Echt?« Kim zog den Vorhang ein Stück weiter auf, um besser sehen zu können. »Ja, das sind sie!«

Die drei !!! hatten Adrian schon vor langer Zeit kennengelernt, als er noch Maries Nachbar und Schauspielschüler war. Mittlerweile war er ein bekannter Jungstar, der zusammen mit seiner Kollegin Sandra einen großen Erfolg als Hauptdarsteller in der letzten Kino-Sommerkomödie des Regisseurs Luc gefeiert hatte. Marie dachte an die Dreharbeiten zurück, bei denen sie mit Kim und Franzi zugesehen hatte, und bekam eine Gänsehaut. Es war so aufregend und spannend gewesen, die Schauspieler hautnah am Set zu erleben.
Luc, Adrian und Sandra schlenderten weiter und einige Fotografen folgten ihnen.
»Wir sollten dann auch endlich mal los!«, rief Marie. »Vielleicht holen wir Adrian und Sandra noch ein!«
Tessa lachte. »Dann springt schon! Ich komme gleich nach. Wir treffen uns beim Buffet. Es wird um neun Uhr eröffnet.«
Marie nickte und zog Kim und Franzi mit sich. Unter den erstaunten Blicken der Gäste liefen die drei Mädchen über den Catwalk bis ans Ende des Saals und kletterten die Stufen hinunter.
Mittlerweile war es richtig voll geworden. Pärchen und Gruppen standen mit Gläsern in der Hand dicht gedrängt und unterhielten sich oder schlenderten neugierig umherschauend durch den Saal. Adrian und seine Begleitung verloren sie in dem Gedränge leider aus den Augen. Die drei !!! stürzten sich ins Getümmel. Marie hatte nicht zu viel versprochen. In den ebenfalls vollen Nebensälen gab es eine Zaubervorführung und Akrobatiknummern, ein Comedy-

Künstler und eine Theatersport-Gruppe brachten die Leute zum Lachen. Im Foyer spielte eine Coverband. Die ersten Tanzbegeisterten bewegten sich bereits auf der Tanzfläche. Die drei !!! gesellten sich dazu und tanzten ausgelassen zu einem Hit ihrer Lieblingsband *Boyzzzz*.
Sie schafften es gerade noch, pünktlich zur Eröffnung des Buffets wieder im Hauptsaal zu sein. Tessa wartete schon im vorderen Teil der langen Schlange, die sich gebildet hatte, und winkte ihnen gut gelaunt zu. Die drei Mädchen drängten sich zu ihr durch. Tessa deutete zu einer langen Theke, auf der große Platten mit belegten Mini-Sandwiches, kleinen Frühlingsrollen, Würstchen und anderen Köstlichkeiten standen. »Da ist doch garantiert auch etwas für uns dabei, oder?«
»Und ob!«, antwortete Kim zufrieden.

Eine Dreiviertelstunde später tupfte sich Tessa den Mund mit der Serviette ab und legte sie auf dem leeren Teller ab. Sie sah auf die Uhr. »Die Fashion-Show fängt in fünfzehn Minuten an!«
Marie trank den letzten Schluck Cola aus und stellte das Glas schwungvoll auf den Stehtisch zurück. »Wenn wir gute Plätze bekommen wollen, sollten wir schon mal nach vorne gehen, oder?«
Die anderen stimmten sofort zu.
Sie ergatterten tatsächlich noch vier Sitze ganz in der Nähe des Laufstegs.
»Ich bin total gespannt!«, sagte Marie und nahm Platz. »Die Kleider von Donata sahen schon auf der Stange gut aus.

Wenn sie von den Models vorgeführt werden, wirken sie bestimmt fantastisch.«
»Außer das sind solche Frauen, die wie wandelnde Strohhalme aussehen. So was habe ich neulich im Fernsehen gesehen.« Franzi zog eine Augenbraue hoch. »Dann könnte man die Klamotten auch gleich auf der Kleiderstange reinfahren.«
Tessa seufzte. »Da hast du recht. Aber Donata hat mir vorhin erzählt, dass heute bestimmt keine Mager-Models laufen werden. Darüber haben sie und ihre drei Mitstreiter abgestimmt. Sie machen den Zero-Wahn nicht mit. Ihre Kollektionen sollen schließlich von gesunden Frauen mit normalen Maßen getragen werden.«
»Klingt gut«, stellte Franzi fest.
Die Lichter im Saal wurden heruntergedimmt, dafür erstrahlten die Scheinwerfer, die über dem Laufsteg angebracht waren.
Der Theatervorhang öffnete sich in der Mitte einen Spalt und eine Frau trat auf den Laufsteg hinaus. Sie begrüßte das Publikum herzlich und gab den Catwalk für die exklusive Modevorführung frei.
Rockige Musik erklang und die ersten acht Models erschienen für die Herbstkollektion einer jungen Designerin: vier Frauen in kurzen Tops und weiten langen Röcken, deren Stoff im Licht der Scheinwerfer in allen Regenbogenfarben schillerte, sowie vier Männer in weiten Overalls mit übergroßen Kapuzen.
Applaus brandete auf. Marie sah gebannt zu, wie die Models kerzengerade und trotzdem locker und entspannt den Cat-

walk entlangliefen, sich drehten, die Arme in die Hüfte stützten und ins Publikum sahen. Es folgten weitere Models auf Inlineskatern, die eine Sportkollektion vorführten, drei Männer, die Freizeitanzüge mit großem Karomuster präsentierten, und schließlich wurden Teile aus Donata Waldens *Glamour-Day*-Kollektion gezeigt. Marie sah gebannt zu. Sie tauchte vollkommen ein in die Welt der Mode, der auserlesenen Stoffe und Schnitte, die im Scheinwerferlicht gekonnt in Szene gesetzt wurden. Tessa tippte sie an. »Dahinten ist das weiße Cape, das wir vorhin gesehen haben.«
Marie nickte begeistert. Das Model bog beiläufig die Knopfleiste um und die silbernen Knöpfe schienen im Scheinwerferlicht Funken zu sprühen. Das Publikum applaudierte. Unter dem Cape trug die Frau ein ebenfalls wollweißes, schmales Kleid, das mit Silberfäden durchzogen war. Als sie das Cape elegant die Schultern bis zur Hüfte herabrutschen ließ, wurde der asymmetrische Schnitt des Kleides sichtbar.
»Die Abnäher sind echt raffiniert gesetzt«, stellte Marie fest. Tessa stimmte ihr sofort zu.
»Und die verdeckte Knopfleiste am Rücken auch. Ich wette, darunter befinden sich die gleichen Silberknöpfe wie auf dem Cape.«
Wie abgesprochen langte das Model mit einem Arm nach hinten und zog den Stoffstreifen etwas zurück. Eine Reihe von Silberknöpfen in den verschiedensten Formen blitzte auf. Erneut brandete Applaus auf und Marie und Tessa zwinkerten sich zu.
Die Musik wurde jazziger und die Moderatorin kündigte die Abendkollektion von Valentin Kerner an. Sieben Frauen

führten lange Abendkleider in berauschenden Mustern vor, denen als krönender Abschluss die Präsentation von Cocktailkleidern folgte.
»Nicht schlecht«, urteilte Marie. »Das kleine Schwarze mit den silbernen Paspeln, das das rothaarige Model trägt, könnte ich mir auch für mich vorstellen.«
»Stimmt, das würde dir bestimmt super stehen«, sagte Kim. Sie hatte ganz rote Wangen. »Ich hätte übrigens nicht gedacht, dass ich so eine Modenschau so toll finden würde. Aber es ist wirklich eine ganz besondere Atmosphäre. Also …« Sie suchte nach den passenden Worten. »So cool und total emotional zugleich. Versteht ihr, was ich meine?«
Tessa, Marie und Franzi nickten heftig. »Das geht selbst mir so«, stellte Franzi grinsend fest.
»Wartet ab, wenn gleich alle Designer mit den Models zusammen auf den Laufsteg kommen«, sagte Tessa. »Das ist Emotion pur.«
Tatsächlich kochte der Saal über, als die über vierzig Models zusammen mit der strahlenden Donata, Valentin Kerner und den beiden anderen Designern zusammen vor den Vorhang traten. Die Leute erhoben sich von ihren Sitzen und klatschten wie verrückt. Die Models fielen sich gegenseitig um den Hals. Die Musik wurde auf volle Lautstärke gedreht und Kaskaden von glitzernden Blättern regneten von der Decke herab.
»Freuen wir uns schon jetzt auf den Herbst«, rief die Moderatorin und lud alle, die an diesem Highlight des Abends beteiligt waren, zum Sektumtrunk ein.
Die Designer gingen, gefolgt von den Models, die Treppe

am Ende des Laufstegs hinunter. Sektkorken knallten und lautes Stimmengewirr füllte den Raum. Journalisten und Fotografen scharten sich um Donata und die anderen Designer. Marie erkannte die glänzende, kupferrote Haarmähne von Estelle, daneben stand dieser Valentin Kerner. Er strahlte über das ganze Gesicht und lächelte in die Runde. Marie wunderte sich, der Mann konnte ja richtig nett aussehen.

»Am besten, wir lassen Donata erst mal in Ruhe die Interviews geben«, hörte Marie Tessas Stimme. »Wir können später zu ihr. Ich hole uns solange eine Runde Fruchtcocktails, okay?«

»Ja, gerne, danke!«, antwortete Marie, und Kim und Franzi nickten.

»Ich helfe tragen«, sagte Kim. Sie lief zusammen mit Tessa in Richtung einer der mobilen Bars am Kopfende des Saals.

Marie und Franzi setzten sich auf den Laufsteg und ließen die Beine baumeln. Marie lockerte die Riemen ihrer Sandaletten.

»Dass du es den ganzen Abend auf diesen Dingern aushältst …« Franzi verzog das Gesicht. »Respekt!«

Marie grinste. »Übung macht den Meister. Aber langsam reicht es mir doch. Ich freu mich schon drauf, wenn ich sie nachher ausziehen kann.«

»Mach das doch jetzt schon«, schlug Franzi vor. Sie grinste. »Das fällt in dem Getümmel hier nicht auf.«

»Ich bin doch nicht wahnsinnig«, sagte Marie. »Da tritt mir doch jede Sekunde jemand …« Marie verstummte – eine schrille Frauenstimme übertönte die Musik und das Gemurmel im Saal: »Skandal!«

Marie zuckte zusammen. »Die Stimme kommt mir bekannt vor!«
»Das ist Donata Walden«, sagte Franzi sofort.
Wieder ertönte die Stimme: »Skandal! Katastrophe!« Diesmal überschlug sie sich fast.
Blitzlichter durchzuckten den Raum. Es kam Bewegung in die Menschenmenge. Wie magnetisch angezogen steuerten die Leute auf diese Ecke des Raums zu und reckten neugierig die Hälse.
Marie kletterte auf den Laufsteg und versuchte sich einen Überblick zu verschaffen. »Was ist da los?«, murmelte sie aufgeregt.

»Ich glaube, Donata Walden und dieser Valentin Kerner haben Streit«, rief Franzi. »Komm!« Sie war mittlerweile ebenfalls auf den Steg geklettert und zog Marie mit sich.
Über den Catwalk erreichten die Mädchen schnell den Menschenpulk am anderen Ende des Saals. Auch Tessa und Kim waren auf den Tumult aufmerksam geworden und standen mit verwirrtem Gesichtsausdruck am Rand des Geschehens. Kim schien vergessen zu haben, dass sie zwei randvolle Cocktailgläser in den Händen hatte, und hielt eines davon gefährlich schief.
Der Geräuschpegel war enorm, alle sprachen durcheinander, nur zwischendurch gelangten Fetzen eines Gesprächs zwischen den beiden Kontrahenten an Maries Ohr: »Das ist eine Lüge!«, schrie Valentin Kerner. Er sah jetzt überhaupt nicht mehr nett aus. Sein Gesicht war vor Wut verzerrt und die Augen blitzten angriffslustig. Donata fasste sich immer wieder an den Hals und schien vor Aufregung Atemprobleme zu haben. »Frech-heit!«, keuchte sie. Estelle legte ihr einen Arm um die Schultern und fächelte ihr mit einem Papierumschlag Luft zu.
Mehrere Fotografen kamen ebenfalls auf die Idee, auf den Steg zu klettern. Eine Frau zog sich neben Marie herauf. Sie hatte eine große Kamera um den Hals gehängt und eine weitere in der Hand. Sie rappelte sich auf und schoss ein paar Bilder. Dann ließ sie den Fotoapparat sinken und schüttelte den Kopf. »Wahnsinn. Das ist mal ein schöner Plagiatsfall.«

»Wie bitte?« Marie blinzelte verwirrt.
Die Frau verzog den Mund. »Dieser Newcomer Valentin Kerner hat vorhin im Finale ein Kleid präsentiert, dessen Schnitt einem der Outfits von Donata Walden mehr als ähnlich ist.«
»Echt?!«, fragte Franzi ungläubig.
Die Journalistin nickte und hielt ihr die Kamera hin. Sie zeigte Fotos, die sie vorhin von der Show gemacht hatte. »Hier, das ist das Modell *Schwarze Orchidee* von Kerner.«
»Das Cocktailkleid, das dir so gut gefallen hat, Marie«, rief Franzi dazwischen.
Marie nickte stumm. Die Frau klickte einige Bilder weiter und vergrößerte einen Ausschnitt. »Und hier haben wir die Kreation von Donata Walden.«
Marie erkannte das cremeweiße Cape aus der *Glamour-Day*-Linie mit dem schmalen Kleid darunter.
»Das sollen die gleichen Kleider sein?« Marie runzelte die Stirn. »Die sehen doch komplett anders aus!«
»Ich gebe zu, auch mir wäre die Ähnlichkeit nicht aufgefallen, wenn die Assistentin vorhin nicht darauf hingewiesen hätte!« Die Frau schüttelte den Kopf. »Aber hier kann man es gut erkennen.« Sie zeigte das nächste Foto, auf dem das Cape von den Schultern des Models gerutscht war. »Hier, die beiden markanten Abnäher im Hüftbereich, der asymmetrische Ausschnitt und …«
»Die Knopfleiste im Rücken«, platzte Franzi heraus. »Das Cocktailkleid hat auch so eine!«
»Genau darauf hat die Assistentin vorhin hingewiesen.« Die Fotografin steckte ihre Kamera in die Tasche. »Man wird ja

sehen, wer hier von wem abgekupfert hat. Ich möchte wetten, dieser Valentin Kerner war es. Jeder weiß, wie ehrgeizig er ist und dass er um jeden Preis einer der ganz Großen in der Modewelt werden will.« Sie lächelte hämisch und zog einen Notizblock hervor. »War nett, mit euch zu plaudern, aber jetzt entschuldigt mich bitte, ich brauche noch ein paar Interviews für meine Story.« Die Fotografin nickte den beiden !!! zu und sprang vom Steg. Marie sah, wie sie sich mit den Ellbogen einen Weg durch die Menge bahnte und zu den beiden Designern vorzudringen versuchte. Gleichzeitig mit ihr drängte sich die Moderatorin der Fashion-Show gerade durch den Pulk. Sie sprach die neugierig herumstehenden Leute an und schlug vor, dass sie den Abend doch einfach genießen und tanzen sollten. Wie zur Aufforderung begann die Band im Nebensaal in voller Lautstärke einen *Rolling-Stones*-Hit zu spielen. Tatsächlich zog es nun etliche Menschen in Richtung der Tanzfläche. Marie und Franzi nutzten den frei werdenden Raum und liefen zu Tessa und Kim, die ganz in der Nähe der beiden Designer standen. Sie übernahmen ihre beiden Cocktailgläser. Tessa zog die Augenbraue hoch. »Habt ihr das mitbekommen? Die beiden haben zwei Kleider in ihrer Kollektion, deren Schnitt sich aufs Haar gleicht!«
Marie und Franzi nickten. »Ja«, sagte Marie. »Wir haben uns eben mit einer Journalistin darüber unterhalten.« Sie stützte die Arme in die Seiten und schüttelte den Kopf. »Es ist eine grandiose Frechheit, einfach einen Schnitt von Donata zu kopieren. Hat er tatsächlich geglaubt, dass das nicht auffällt und er damit durchkommt?«

»Du hast es doch auch nicht gleich gemerkt«, antwortete Franzi.
Kim sog nachdenklich an ihrem Strohhalm. »Abgesehen davon: Kein Mensch kann doch momentan sagen, wer den Entwurf zuerst gemacht hat.«
Tessa sah Kim entsetzt an. »Du glaubst nicht wirklich, dass Donata so etwas tun würde? Sie hat das nicht nötig! Und außerdem …«, Tessa drehte den Strohhalm zwischen Daumen und Zeigefinger, »außerdem ist dieses eine Detail, die verdeckte Knopfleiste, eine Spezialität von Donata. Etwas Ähnliches hat sie schon mal vor Jahren bei einem Kostüm fürs Fernsehen gemacht.«
Marie sah zu der Designerin rüber. Sie fächelte sich immer noch Luft zu, während sie sich mit der anderen Hand an die Stirn fasste. Valentin Kerner schubste einen Journalisten, der ihm mit einem Mikrofon nahe kam, zur Seite. Zwei Männer fassten den Designer sofort an den Armen und zogen ihn zurück. »Alles Lüge!«, rief er und pustete sich eine Haarsträhne aus dem Gesicht. Wütend schüttelte er die Männer ab, flankte mit einer geschmeidigen Bewegung auf den Catwalk, richtete sich auf und stolzierte hocherhobenen Hauptes davon.
»Das hat Konsequenzen!«, rief Donata hinter ihm her.
Estelle reichte der Designerin ein Glas Wasser. »Hier, trink einen Schluck, du darfst dich nicht so aufregen.«
Donata nahm das Glas, nippte kurz und gab es der Assistentin zurück. »Danke, Estelle.« Sie sah zu Boden. »Ich werde jetzt gehen. Kümmerst du dich um das Einpacken der Kleider?«

Estelle nickte. »Natürlich. Ich mache das gleich nachher.«
»Ich bin dafür, dass wir Donata unsere Hilfe anbieten«, sagte Marie bestimmt.
Franzi nickte sofort. »Ja, das machen wir.«
Kim zögerte. Dann aber sagte auch sie Ja.
Die drei Detektivinnen holten die Designerin ein, bevor sie den Ausgang erreicht hatte.
»Frau Walden«, rief Marie. »Bitte warten Sie!«
Donata Walden drehte sich überrascht um. Als sie Marie erkannte, lächelte sie müde. »Ich hoffe, die Show hat euch gefallen?«
»Und wie!«, sagte Marie. »Wir haben aber auch mitbekommen, dass es, ähm, Ärger gab.« Sie nestelte in ihrem Handtäschchen und zog das Etui für die Visitenkarten der drei !!! heraus. Sie reichte eine davon der Designerin. »Wir sind Detektivinnen und wollen Ihnen helfen, Klarheit in der Sache zu schaffen!«
Donata Walden sah Marie erstaunt an, dann nahm sie die Karte und warf einen Blick darauf:

»Detektivinnen«, murmelte die Designerin.
»Wir sind absolute Profis«, beeilte sich Franzi zu sagen. »Wir haben bereits zahlreiche Fälle im In- und Ausl…«
»Ich weiß nicht«, unterbrach sie Donata, die gar nicht richtig zugehört zu haben schien. »Ich bin gerade sehr müde, bitte entschuldigt mich. Ich kann im Moment gar nichts entscheiden, ich bin so durcheinander.«
Kim nickte langsam. »Bitte fühlen Sie sich nicht gehetzt. Sie haben ja jetzt unsere Kontaktdaten. Rufen Sie uns jederzeit an, wenn Sie unsere Hilfe brauchen.«
»Das mache ich, mein Kind, das mache ich.« Donata verabschiedete sich mit einem Winken in die Runde und einem Wangenkuss bei Tessa. »Wir telefonieren bald, ja?«
Tessa nickte und umarmte Donata Walden. »Auf jeden Fall.«
Nachdem die Designerin gegangen war, tranken alle für einen Moment schweigend von ihren Fruchtcocktails. Tessa sah auf die Uhr. »Schon nach zwölf!«, rief sie. »Ich glaube, wir müssen jetzt schleunigst nach Hause.« Sie gähnte herzhaft. »Ich bin jedenfalls todmüde.«
Das konnte Marie von sich nicht behaupten. Die Ereignisse der letzten Stunde hatten sie hellwach und ganz kribbelig gemacht. Sie wechselte einen unauffälligen Blick mit Kim und Franzi. Auch ihre Freundinnen sahen alles andere als müde aus.
»Ich möchte jetzt wirklich gehen. Finn wird mich morgen früh garantiert nicht ausschlafen lassen.« Tessa zwinkerte. »Ihr könnt die Party ja noch in Maries Zimmer weiterfeiern – aber bitte in gemäßigter Lautstärke!«

Die drei !!! nickten grinsend. Marie war sich sicher, dass sie alle drei das Gleiche dachten: Das würde eine *Detektiv*party werden, bei der sie die weitere Vorgehensweise in diesem neuen Fall besprechen würden!
Wie abgesprochen raunte Kim, als sie über den Parkplatz zum Auto liefen: »Wie gut, dass ich das Detektivheft im Übernachtungsgepäck habe!«
»Sehr gut«, flüsterte Marie zurück. Kim führte akribisch Tagebuch über jeden ihrer Fälle. Sie notierte von Anfang an jedes noch so unwichtig erscheinende Detail ihrer Beobachtungen, und das hatte sich schon oft als äußerst nützlich erwiesen. Sie würde gleich nachher einen neuen Eintrag anlegen …
»Muss Liebe schön sein«, murmelte Tessa plötzlich, während sie in ihrer Tasche nach dem Autoschlüssel suchte. Sie sah lächelnd über das Dach des Vans auf die andere Seite des Parkplatzes. Marie folgte irritiert ihrem Blick und sah, dass ein Pärchen eng umschlungen bei einem Kleinwagen stand und sich zärtlich küsste.
Ein Lächeln huschte über ihr Gesicht. Sie musste an Holger denken. Auch Franzi und Kim sahen hingerissen auf das Paar. Bestimmt dachten die beiden jetzt auch an ihre Freunde. Sie musste unbedingt nachher fragen, wie es Kim und Franzi mit Michi und Felipe gerade ging. Sie hatten in der letzten Zeit gar nicht über die Jungs gesprochen.
Die Frau sagte jetzt etwas zu dem Mann. Er lachte, beugte sich zur Windschutzscheibe vor und zog etwas unter dem Scheibenwischer hervor. Marie horchte auf. Irgendwie kam ihr die Stimme bekannt vor. Tessa hatte den Schlüssel gefun-

den und löste den Öffnungsmechanismus aus. Mit einem satten Klacken entriegelten die Türen. Im selben Moment streifte das Scheinwerferlicht einer vorbeifahrenden Limousine die beiden Personen. Sie kniffen geblendet die Augen zusammen. Das lange Haar der Frau glänzte kupferrot auf und der Mann strich sich sein halblanges dunkles Haar aus dem Gesicht. Marie riss die Augen auf. »Das, das … sind …«, stammelte sie.
»Estelle!«, flüsterte Franzi. Sie räusperte sich. »Und …«
»Valentin Kerner«, ergänzte Kim mit rauer Stimme.
Marie nickte mechanisch. Sie sah noch einmal genau hin. Aber es gab keinen Zweifel: Dort drüben standen der Jungdesigner Valentin Kerner und die Assistentin von Donata Walden, die ebenjenem Mann vor nicht länger als einer Stunde einen Plagiatsverdacht eingebracht hatte, in trauter Zweisamkeit.
»Das ist ja eine Überraschung«, sagte Franzi. Sie runzelte die Stirn. »Was wird denn hier gespielt?«
Das Paar war wieder in Dunkelheit gehüllt. Marie konnte nur die Silhouette von Valentin Kerner erkennen, der seine Hände hektisch bewegte. Er schien etwas zu zerreißen. Mit wütender Stimme sagte er: »Davon lasse ich mich nicht beeindrucken! Komm!«
Das Paar stieg in das Auto ein. Der Motor heulte auf und der Wagen schoss vom Parkplatz.
»Steigt ihr bitte ein?«, fragte Tessa. Sie klopfte ungeduldig auf das Lenkrad. Kim und Franzi schlüpften auf den Rücksitz. Marie zögerte kurz, dann rief sie: »Einen Moment!« Wie der Blitz sprintete sie zu der Stelle, an der das Auto des Paa-

res geparkt hatte, und scannte den Boden. Tatsächlich: Dort lagen sechs kleine weiße Papierschnipsel. Marie hob sie vorsichtig auf und ließ sie in eine Seitentasche ihrer Handtasche gleiten. Dann rannte sie zum Van zurück.

»Wir können!«, sagte Marie und ließ sich zufrieden auf den Beifahrersitz fallen. Tessas fragenden Blick übersah sie einfach.

»Das war ein toller Abend, Tessa, danke!« Sie gab ihrer Stiefmutter einen Kuss auf die Wange. »Und jetzt nichts wie ins Bett.«

Der Reigen der toten Männer

Kim und Franzi holten ihre Rucksäcke mit dem Übernachtungsgepäck aus dem Kofferraum. Tessa machte die Heckklappe leise zu und sah zur Villa hoch. Sie lächelte erleichtert. »Alles ist dunkel. Helmut und die Kleinen schlummern also süß und selig.« Tessa schloss auf und die drei !!! betraten hinter ihr die Eingangshalle. Tessa, Kim und Franzi schlüpften aus ihren Ballerinas und liefen auf leisen Sohlen die Treppe hinauf. Marie brauchte etwas länger, um die winzigen Schnallen an ihren Sandalen zu öffnen. Als sie es geschafft hatte, waren die anderen schon auf der Mitte der Treppe angelangt, die zu den Schlafzimmern im ersten Stock führte. Marie durchquerte die Eingangshalle und genoss den kühlen Marmorboden unter ihren schmerzenden Füßen. Plötzlich blieb sie stehen und lauschte. Die Wohnzimmertür stand einen Spalt offen. Daraus drang ein merkwürdiges Geräusch.

»Habt ihr das gehört?«, rief sie den anderen leise zu.

Tessa kehrte sofort um und lief zu Marie. Aus dem Wohnzimmer kam ein leises Röcheln. Marie bekam Gänsehaut. Was geschah hier gerade?

Tessa drückte die Tür auf und blieb wie angewurzelt stehen. »Helmut!«, rief sie halblaut. Marie sah Tessa über die Schulter und musste augenblicklich grinsen. Ihr Vater schlief, halb sitzend, halb liegend, mit offenem Mund auf dem großen Sofa. Er hatte die Arme um Finn geschlungen, der in seinen Daunenschlafsack gehüllt auf seinem Bauch lag und ebenfalls tief und fest schlief. Aus einem größeren, in eine geblümte Decke gewickelten Bündel, das sich an Herrn Grevenbroichs linke Seite schmiegte, drang leises Schnarchen. Als die Decke etwas verrutschte, kam Linas rotblonder Haarschopf zum Vorschein.

Der Fernseher lief und ein unscharfes Bild in Grautönen zuckte über den Bildschirm.

Tessa schüttelte lächelnd den Kopf. Marie beobachtete, wie sie auf Zehenspitzen das Zimmer betrat, um an die Fernbedienung zu kommen, die auf dem Couchtisch lag. Tessa stieg über ein Kissen am Boden. Etwas knisterte. Kopfschüttelnd zog sie eine leere Chipstüte unter ihrem Fuß hervor. Bei ihrem nächsten Schritt knackte es. Tessa hob mit spitzen Fingern einen Karton auf, in dem ein angebissenes Stück Pizza klebte. Sie zog eine Augenbraue hoch. Als sie schließlich unter dem Couchtisch eine weitere Pizzaschachtel, mehrere Dosen Cola, zwei Teller mit geschmolzenem Vanilleeis, Unmengen von Schokoriegel-Hüllen und die fast aufgegessene XXL-Familienpackung mit Fruchtgummischlangen entdeckte, ballte sie die Fäuste. Es war ihr deutlich anzumerken, dass sie am liebsten einen lauten Schrei von sich gegeben hätte.

Marie winkte Tessa beschwichtigend zu. Ihr Vater und Lina hatten einen Fernsehabend veranstaltet und dabei ein paar vielleicht nicht ganz so gesunde Sachen verdrückt. Was war denn so schlimm daran? Sie machten das ja nicht jeden Tag.

Tessa aber sah immer noch so fassungslos aus, als würde sich hier gerade eine Naturkatastrophe abspielen. Marie seufzte.

In der letzten Zeit brachten selbst die kleinsten Dinge ihre Stiefmutter völlig aus der Fassung.
Plötzlich fiel Marie auf, dass das merkwürdige Schnaufen von vorhin immer noch zu hören war. Lina war es nicht, ihr Schnarchen klang viel heller. Maries Blick fiel auf den Fernseher. Das seltsame Schnaufen gehörte zu einem Film, der gerade lief! Eine Mauer war zu sehen, ein langer dunkler Gang, irgendeine Wohnung, und alles erschien in diesem seltsamen dunklen Grau, als würde die Kamera den Blick einer Person einnehmen, die durch einen speziellen Filter sah.
In dem Moment raunte Franzi: »*Der Reigen der toten Männer*! Ein uralter Horrorthriller. Der ist echt ziemlich gruselig.«
Tessa starrte auf den Bildschirm, dann auf Franzi. In ihrem Gesicht stand blankes Entsetzen. »*Du* … kennst … *diesen* Film?!«
Franzi lächelte unglücklich. »Mein großer Bruder hatte den mal ausgeliehen …«
Tessa schnappte sich die Fernbedienung und schaltete den Fernseher aus. Sie atmete tief ein und wieder aus. »Das ist gerade alles ein bisschen viel für mich«, flüsterte sie. Sie sah Marie aus großen Augen an. »Am besten, ihr geht jetzt ins Bett«, presste sie mühsam beherrscht hervor. »Und ich …« Sie suchte für einen Moment nach Worten. »Ich wecke Helmut und bringe die Kleinen ins Bett.«

Eine Stunde später saßen die drei !!! auf der bezogenen Schlafcouch in Maries Zimmer.

»Was für ein Abend. Ich hoffe, dass Tessa wenigstens morgen über alles lachen kann.« Marie zog ihren Kapuzenpulli über den Pyjama. »So sauer wie vorhin habe ich sie noch nie erlebt.«

Kim seufzte. »Du müsstest *meine* Mutter mal erleben, wenn sie Streit mit meinem Vater hat.« Sie verdrehte die Augen.

Marie grinste schief. »Ich fand es echt heftig, dass Tessa wirklich geglaubt hat, dass mein Vater so lange mit Finn und Lina fernsieht.«

Kim nickte. »Dass sie ihm so was zutraut! Zum Glück hat Lina gleich erzählt, dass sie *Arielle, die Meerjungfrau* gesehen haben und dabei eingeschlafen sein müssen. Irgendwann hat dann wohl das Spätprogramm mit den gruseligen Filmen angefangen.«

»Ich stelle mir gerade vor, was gewesen wäre, wenn Lina aufgewacht wäre, als der Horrorstreifen noch lief.« Franzi schüttelte den Kopf. »Du hast gerade von Nixen und Delfinen geträumt, machst die Augen auf – und dann siehst du die schlimmste Szene eines Gruselfilms!« Sie schluckte. »Trauma fürs Leben, oder?«

»Und ob.« Kim verzog den Mund. »Du hast diesen Film wirklich gesehen?«

Franzi nickte. »Aber erinnere mich nicht daran, sonst kann ich nicht schlafen.«

»Geschlafen wird jetzt sowieso nicht«, sagte Marie und grinste. »Wir haben noch was vor!« Sie rappelte sich von der Couch hoch und lief zu ihrem großen Schreibtisch vor dem Fenster. »Ich will wissen, was Valentin Kerner vorhin so wütend gemacht hat.«

»Richtig«, sagte Kim und stopfte sich ein Kissen in den Rücken. »Ich hatte gar nicht mitbekommen, dass er etwas weggeschmissen hat. Ich war so erstaunt darüber, dass er mit Donatas Assistentin rumknutscht, dass ich nicht aufgepasst habe.«

»Ging mir genauso«, stellte Franzi fest. »Ich verstehe das alles nicht: Die beiden sind ein Paar, das hat man ja wohl deutlich gesehen. Warum hat Estelle ihren Freund dann heute auf dem Fest in diese unmögliche Situation gebracht? Scheinbar hat *sie* doch alle auf die Ähnlichkeit der Kleider aufmerksam gemacht.« Franzi löste die Haargummis aus ihren kurzen Zöpfen und wuschelte sich nachdenklich durch die Haare. »Und, was mich noch mehr wundert: Er scheint deswegen nicht auf sie sauer zu sein!«

Kim runzelte die Stirn. »Du gehst gerade davon aus, dass Valentin Kerner von Donata Walden abgekupfert hat.« Sie nahm das Detektivbuch auf die Knie und schlug es auf. Dann sah sie Franzi ernst an. »Es kann aber auch genau umgekehrt sein. Vielleicht wollte Estelle ihrem Freund helfen, indem sie die Ähnlichkeit der Modelle in der Öffentlichkeit erwähnt hat.«

Marie riss die Augen auf. »Du meinst, Donata hat die Idee geklaut?« Sie schnappte sich ihre Handtasche, eine Pinzette und eine leere Klarsichthülle vom Schreibtisch und kam zur Couch zurück. »Das kann ich nicht glauben!«

»Detektivarbeit ist keine Frage des Glaubens«, stellte Kim fest. »Es geht um Fakten und die richtigen Schlüsse, die man daraus zieht.«

»Genau. Fakt ist: Tessa konnte sich daran erinnern, dass Donata schon vor Jahren ähnliche verdeckte Knopfleisten in ihren Schnittmustern hatte.«

»Das ist allerdings richtig.« Kim notierte etwas im Detektivtagebuch und murmelte: »Trotzdem scheint mir hier nicht alles so zu sein, wie es scheint.«

Marie setzte sich neben Franzi. »Jetzt sehen wir erst mal nach, was diese Papierschnipsel zu bedeuten haben.« Sie schob ein Kissen zur Seite und legte die Plastikhülle auf das Laken. Dann drehten und schoben sie die sechs Teile mit der Pinzette vorsichtig hin und her. Schon nach kurzer Zeit hatten sie die ursprüngliche Form wiederhergestellt. Erstaunt zog Kim die Augenbraue hoch. »Das ist Valentin Kerners Visitenkarte. Sein Atelier ist im Industriegebiet, komische Adresse!«

»Ich glaube, auf der Rückseite ist auch noch was«, sagte Franzi aufgeregt. »Dreh mal um.«

Kim schob die Kartenteile in die Plastikhülle und wendete das Ganze. »Ja, hier hat jemand etwas mit Kuli hingekritzelt.« Ihre Wangen wurden vor Aufregung ganz rot. Sie las vor: »*Wir wissen, wer Sie sind. Dies ist unsere letzte Warnung. Hören Sie auf!*«

Die drei Detektivinnen sahen sich aus großen Augen an.

»Er wird bedroht«, murmelte Marie.

Kim und Franzi nickten schweigend.

»Mit was soll er aufhören?«, fragte Marie. »Etwa mit dem Abkupfern der Schnittmuster von anderen Designern?«

»Vielleicht.« Kim zupfte gedankenverloren an ihrer Unterlippe und schrieb etwas ins Detektivtagebuch. Als sie fertig war, seufzte sie. »Ich muss schon zugeben, dass die Koinzidenz der beiden Ereignisse die Schlussfolgerung nahelegt, dass jemand den Designer des Plagiats verdächtigt und ihn verfolgt.«

Franzi rümpfte die Nase. »Du hast wohl zu viel *Die drei ???* gelesen, Kim! Du redest wie dieser Justus Shaw, oder wie der Oberschlaue bei denen heißt.«

»Jonas«, murmelte Kim. Sie legte die Hülle mit der Visitenkarte vorsichtig in das Detektivheft und sah nachdenklich darauf.

Franzi schüttelte ihr Kissen auf. »Dann meinetwegen Jonas Shaw, ich hab jedenfalls kein Wort verstanden.«

»Er heißt Justus Jonas.« Kim sah Franzi vorwurfsvoll an. Und Koinzidenz ist...«

»Wenn zwei Ereignisse zur gleichen Zeit oder knapp hintereinander passieren«, sagte Marie wie aus der Pistole geschossen. »Also zuerst der Kleiderskandal und dann der Drohtext auf der Visitenkarte.« Sie schob ihr Smartphone dezent unter das Kissen hinter sich. Es musste ja nicht jeder mitbekommen, dass sie schnell nachgesehen hatte.

»Googeln kann ich auch«, sagte Franzi vorwurfsvoll. Sie ließ sich in die Kissen zurücksinken und zog die Decke bis zur Nasenspitze hoch. »Ist ja auch egal. Also, was machen wir denn jetzt als Nächstes?«

»Ich bin dafür, dass wir zuerst mit Donata Walden sprechen.« Kim legte den Stift zur Seite und schlug das Detektivheft zu. »An sie kommen wir problemlos und unauffällig heran, sie hat uns ja zur Besichtigung ihres Ateliers eingeladen. Ich denke, wir sollten gar nicht sagen, dass wir in der Kleidersache ermitteln. Wir fragen einfach unauffällig nach

dem Kleid aus der *Glamour-Day*-Kollektion. Wann sie es entworfen hat und so. Dann sehen wir weiter.«
»Finde ich gut«, sagte Franzi.
Marie nickte. »Ich rufe Donata Walden gleich morgen Vormittag an und vereinbare einen Termin.«
»Alles klar.« Franzi gähnte. »Danach nehmen wir uns Valentin Kerner vor.«
Kim und Marie nickten. Sie schlüpften ebenfalls unter ihre Decken.
»Komischer Fall«, murmelte Franzi, die sich schon im Halbschlaf befand.
Marie musste ihr recht geben. Sie war sehr gespannt, wo das alles hinführte.
Franzi und Kim schnarchten noch leise vor sich hin, als Marie am nächsten Morgen wach wurde. Sie sah auf ihr Handy. Es war acht Uhr. Ihr Vater war jetzt bestimmt beim Bäcker und besorgte, wie fast jeden Samstagmorgen, Schokoladenbrötchen und Croissants für ein ausgedehntes Frühstück. Auf Zehenspitzen schlich Marie ins angrenzende Badezimmer, schloss die Tür und drehte die Dusche auf. Während sie unter den warmen, sanften Strahlen des Regenwasserprogramms stand, betrachtete sie zufrieden das schöne Mosaikmuster an den Wänden, den weißen Marmorboden und die chromblitzenden Wasserhähne. In einem Regal lagerten, farblich sortiert, die Handtücher, und Maries umfangreiche Sammlung von Duschgels, Shampoos und duftenden Bodylotions stand dekorativ auf dem Glasbord über dem Waschbecken. Das Beste war allerdings: Marie durfte dieses Badezimmer ganz für sich allein benutzen. Es war ihre Wohl-

fühloase, in der sie alles vergessen und vollkommen entspannen konnte.

Gut gelaunt trocknete sich Marie ab, genoss den Duft der Aloe-Pfirsich-Lotion, während sie sich eincremte, und schlüpfte in den weichen Bademantel. Die Haare umschlang sie sorgfältig mit einem Turban. Der Tag konnte beginnen! Gleich nach dem Frühstück würde sie Donata Walden anrufen. Hoffentlich konnten sie ihr bald einen Besuch abstatten und Weiteres in Erfahrung bringen.

Marie sprang die Treppe hinunter. Tessa und ihr Vater waren bereits auf und in der Küche duftete es nach Früchtetee und Toast.

Finn saß in seinem Hochstuhl am Tisch. Er versuchte gerade, eine Bananenscheibe mit beiden Händen in seinen Mund zu schieben. Als er Marie sah, riss er seine Arme begeistert in die Höhe und quietschte. Die Bananenscheibe flog in hohem Bogen durch die Küche und blieb am Kühlschrank kleben. Finn sah verwundert auf seine leeren Hände, dann auf das Tischchen vor ihm. Er grapschte sich ein neues Stück Obst.

Marie musste lachen. »Guten Morgen!«

Tessa lächelte und wünschte ebenfalls einen guten Morgen. Ihre Stimme war leise und rau und sie hatte dunkle Ringe unter den Augen. Das sah definitiv nicht nach guter Stimmung aus, dachte Marie bei sich.

Ihr Vater lächelte sie überrascht an. »Du bist schon wach, Prinzessin?« Er stand auf und sammelte beiläufig die Bananenscheibe vom Kühlschrank ein. »Ich dachte, ihr schlaft nach eurer Ballnacht erst mal ordentlich aus.« Er legte das Obststück auf dem Tisch ab.

Marie grinste. »Das machen Kim und Franzi ja auch.« Sie sah verstohlen zum Brotkorb. Enttäuscht stellte sie fest, dass es noch keine Croissants gab. »Ich dachte, ich überrasche die beiden mit einem Frühstück im Bett, und wollte ein paar Sachen mit hoch nehmen.«

Tessa nickte. »Gute Idee.«

Herr Grevenbroich räusperte sich. »Tessa und ich hatten noch etwas zu besprechen.« Er deutete auf den Geldbeutel und die Stofftasche, die auf dem Stuhl neben ihm lagen. »Ich gehe gleich zum Bäcker.«

»Möchtest du eine Tasse Tee?«, fragte Tessa. Marie nickte.

Tessa ging zur Spüle und holte einen Becher aus dem Schrank.

Finn kämpfte mit dem nächsten Bananenstück. Es flutschte ihm durch die Finger und blieb an seiner Backe kleben. Laut schmatzend sah er sich suchend um. Marie musste lachen. Sie pflückte das Obststück aus seinem Gesicht und hielt es ihm hin. »Junge, Junge, du bist vielleicht ungeschickt.«

Finn strahlte und zeigte zwei winzige weiße Zähne. Er grapschte sich mit beiden Händen das Bananenscheibchen und versuchte es erneut in seinen Mund zu schieben.

»Aber ausdauernd bist du, das muss man mal sagen.« Marie strich ihrem kleinen Bruder über die weichen blonden Locken.

Tessa kam mit einer Tasse und einem von Finns Fläschchen zurück an den Tisch. Sie goss Marie Tee ein und schob die Tasse vor sie hin. Marie bedankte sich. Tessa nickte knapp. Dann wandte sie sich Helmut zu und sah ihn aus schmalen Augenschlitzen an. Sie atmete tief ein und wieder aus.

»Was ist das, bitte schön?« Tessa hielt Finns Fläschchen hoch und schüttelte es. Es enthielt einen Fingerbreit roten Saft. »Du hast ihm gestern Abend Kirschsaft gegeben.«

Maries Vater verzog den Mund. »Ich …«

Tessa unterbrach ihn: »Das ist unglaublich. Sag, wie viel?« Sie schnaubte. »Nein, sag es nicht, ich will es nicht wissen, es ist eh zu spät. Du hast unser Baby auf Zucker angefixt. Das gewöhnen wir ihm nie wieder ab, er wird nur noch süßen Saft trinken wollen.« Tessa war den Tränen nahe. »Was ist, wenn er sich jetzt schon seine allerersten Zähne mit dem Zeug ruiniert hat?«

»Tessa.« Helmut Grevenbroich schüttelte den Kopf. »Ich glaube, du reagierst jetzt wirklich etwas über …« Er warf Marie einen hilflosen Blick zu.

Tessa ließ sich auf den Stuhl neben Finn fallen. Sie schüttelte den Kopf. Ich hätte gestern Abend nicht zum Theaterfest gehen dürfen.«

»Liebes!« Helmut Grevenbroich hob beschwichtigend die Hände. »Das gestern Nacht war doch eine Ausnahme. Ich war todmüde vom Dreh und die Kinder waren unruhig. Lina konnte nicht einschlafen, weil ihre Nase zu war, und dann fing Finn an zu brüllen und war kaum zu beruhigen. Da habe ich gedacht, wir machen es uns einfach gemütlich und jeder bekommt ausnahmsweise alles, was er gerne hat und sonst nicht essen oder trinken darf.« Helmut Grevenbroich seufzte. »Es hat doch eigentlich gut geklappt, ähm, finde ich.«

Tessa presste die Lippen aufeinander. Schweigend bückte sie sich und hob eine grüne Traube auf, die Finn gerade fallen gelassen hatte.

Marie räusperte sich. »Ich glaube, ich sehe mal nach, ob Kim und Franzi schon wach sind.« Sie stand auf und steckte eine Haarsträhne unter den Turban zurück. »Ihr braucht jetzt erst mal ein bisschen Zeit für euch, denke ich. Ich gehe mit Kim und Franzi zum Frühstücken ins *Lomo*, okay?«
Tessa schüttelte den Kopf. »Nein, nein, bleibt doch da.« Sie zuckte entschuldigend mit den Schultern.
Herr Grevenbroich seufzte. »Vielleicht ist das keine schlechte Idee.« Er zog einen Fünfzig-Euro-Schein aus seiner Geldbörse und reichte ihn Marie. »Mach dir einen schönen und gemütlichen Vormittag mit deinen Freundinnen. Und heute Abend koche ich für uns alle.« Er warf Tessa einen Blick zu. »Salat und Auberginenauflauf. Gesund und lecker. In Ordnung?«
Marie gab ihrem Vater einen Kuss auf die Wange. »Danke, Papa!«
Sie strich Tessa über die Schulter und gab ihr ebenfalls einen Kuss auf die Backe. »Bis später!«

Schwarzer Mann im Rosenbeet

»Ich finde es sehr nett von deinem Vater, dass er uns eine Runde Frühstück im *Lomo* ausgibt«, nuschelte Kim mit vollem Mund. Sie schluckte und klimperte mit der Gabel gegen ihren Teller. »Das Rührei mit Schinken ist echt lecker.«
Marie rührte missmutig in ihrem *Kakao Spezial*. Normalerweise zauberte das absolute Lieblingsgetränk der drei !!! sofort ein Lächeln auf ihre Lippen. Heute jedoch blieb ihre Laune im Keller. »Ich hätte lieber gemütlich mit euch zusammen im Bett gefrühstückt und einen guten Film dabei gesehen.« Sie seufzte. »Aber bei der Stimmung, die gerade bei mir zu Hause herrscht, wäre das nicht sehr lustig geworden.«
»Ach, komm. Hier ist es doch auch sehr gemütlich«, versuchte Franzi sie zu trösten. »Ich glaube auch, dass es besser war, Tessa und deinen Vater mal allein zu lassen.«
Kim nickte. »Die müssen sich mal aussprechen. Und heute Abend ist bestimmt alles wieder in Butter.«
»Hoffentlich«, schnaubte Marie. »Langsam geht mir die miese Stimmung echt auf die Nerven.«
»Kann ich verstehen.« Kim lächelte sie schief an. »Aber wenigstens springt bei dir ein Besuch im *Lomo* dabei raus, wenn deine Eltern sich streiten. Bei uns gibt's in dem Fall nur schlechte Laune und Haferflocken.«
Marie seufzte. »So kann man das auch sehen.« Sie spießte eine Scheibe Käse von der großen Platte in der Mitte des Tischs auf und legte sie auf ihre Brötchenhälfte. Plötzlich

tippte sie sich an die Schläfe. »Leute, jetzt haben wir vor lauter Elternkram vergessen, Donata Walden anzurufen!« Marie schüttelte verärgert den Kopf. »Es kann ja wohl nicht sein, dass uns das von den Ermittlungen abhält.«
Marie kramte in ihrer Tasche und zog ihr Handy hervor. »Gut, dass ich ihre Nummer gestern Abend gleich eingespeichert habe.«
Franzi richtete sich plötzlich kerzengerade in ihrem Sitzsack auf und starrte ungläubig zum Tresen. »Sagt mal, ist das … dahinten … meine Mutter?!«, stammelte sie.
Kim und Marie reckten die Hälse. Die Tische im Café waren um diese Zeit voll besetzt und etliche Leute warteten an der Bar darauf, dass etwas frei wurde. Entsprechend groß war das Gedrängel dort. Trotzdem erkannte Marie sofort die Frau mit dem locker aufgesteckten roten Haar und dem sommersprossigen Gesicht. Neben ihr stand eine platinblonde Frau und sprach eifrig auf Gregor, den Besitzer des Cafés, ein.
»Deine Mutter und ihre Freundin Katja«, stellte Marie fest. »Sie sind es eindeutig.«
»Aber was will meine Mutter in *unserem* Café?« Franzi blinzelte völlig verwirrt.
Kim grinste. »Lass ihr doch auch mal ihren Spaß.«
»Den kann sie ja haben – aber warum ausgerechnet hier?« Franzi schüttelte den Kopf. »Mama war noch nie im *Lomo*.«
Marie sah, wie Katja Gregor die Hand schüttelte und nickte. Dann schlüpften die beiden Frauen seitlich an der Theke vorbei und stellten sich neben Gregor. Er strich über die große Kaffeemaschine und schien etwas zu erklären.

Franzi runzelte die Stirn. »Was soll das denn jetzt?«
Kim kicherte. »Vielleicht wollen sie als Bedienung hier anfangen.«
»Sehr lustig.« Franzi verdrehte die Augen. »Ich geh da jetzt hin und frage.« Sie rappelte sich von dem Ledersitzsack hoch. In dem Moment, als sie stand, sah ihre Mutter in ihre Richtung. Sofort winkte sie wild. Sie gab Katja ein Zeichen und die beiden Frauen kamen hinter dem Tresen hervor. Sie bahnten sich einen Weg zum Tisch der drei !!!.
»Das ist ja eine Überraschung«, sagte Franzis Mutter. »Wie schön, euch hier zu sehen!«
Katja nickte. »Ja, wie schön! Die drei Mädchen, die diesen Pferdeschuppen so wunderbar gestaltet haben. Grüßt euch!«
Die drei !!! nickten verwirrt.
»Mama, was machst du hier?«, fragte Franzi ohne Umschweife.
Frau Winkler lächelte. »Wir interessieren uns für die Kaffeemaschine, die Gregor zum Verkauf anbietet.«
Katja nickte heftig. »Eine einmalige Gelegenheit. Das ist eine italienische Siebträgermaschine. Der Besitzer sagt, sie ist nach einem kleinen Defekt generalüberholt worden und funktioniert einwandfrei. Er braucht aber eine größere und verkauft sie daher.«
»Das ist wirklich ein tolles Angebot«, sagte Frau Winkler.
Bevor Franzi fragen konnte, was ihre Mutter eigentlich mit einer Maschine anstellen wollte, die ihre halbe Küche einnehmen würde, schaltete sich Katja ein. »Und, trefft ihr euch heute wieder in dem Schuppen? Seid ihr denn oft dort oder macht ihr nur ab und an ein, ähm, Kaffeekränzchen?«

Franzi wechselte einen unauffälligen Blick mit Kim und Marie. Diese Katja war aber sehr neugierig! Marie schüttelte unmerklich den Kopf. Sie würden sich garantiert nicht über den Detektivclub ausfragen lassen.
»Ach, wir sind nicht so oft dort«, sagte Kim prompt. »Ab und an mal …«
Franzi nickte und ergänzte: »Wir häkeln dort unsere Beanie-Mützen oder machen Pferdepuzzles. Mädelskram eben.« Sie übersah Kims und Maries entsetzte Blicke.
»Das ist ja süß«, sagte Katja. Sie lächelte zufrieden.
Marie sah auf ihre Uhr. »Ich glaube, ich muss nach Hause.«
Kim und Franzi nickten. »Ich muss dringend Hausaufgaben machen«, sagte Franzi hastig.
Ihre Mutter sah sie ungläubig an. »Am Samstagmittag? Ist alles in Ordnung bei dir?«
Franzi nickte. »Klar. Ich werde eben langsam erwachsen.«
Marie winkte der Bedienung.
»Wir müssen dann auch mal weiter«, sagte Katja. »Es gibt noch viel zu tun, nicht wahr, Elke?«
»Richtig!« Franzis Mutter winkte in die Runde. »Tschüss, mein Schatz! Wir sehen uns beim Abendessen.«
Franzi blieb der Mund offen stehen. »Eltern können wirklich sehr seltsam sein«, murmelte sie.
Marie nickte. »Du sagst es.«

Detektivtagebuch von Kim Jülich
Samstag, 20:30 Uhr
Wir haben einen neuen Fall!!! Diesmal geht es um einen Skandal in der Modeszene. Die bekannte Designerin Donata Walden

und der Jungdesigner Valentin Kerner beschuldigen sich gegenseitig, das Schnittmuster von einem exklusiven Kleid in ihren Kollektionen nachgemacht zu haben. Die Sache wurde heute schon im Lokalteil der Zeitung gebracht und meine Internet-Recherche hat gezeigt, dass das Thema in verschiedenen Mode-Blogs heiß diskutiert wird. Ich hätte nicht gedacht, dass so etwas tatsächlich für dermaßen viel Aufsehen sorgt. Aber ein Ideenklau ist natürlich eine echt fiese Sache. Da macht sich jemand Gedanken und steckt viel Arbeit in etwas und dann kommt ein anderer und tut so, als sei es seine Idee, und verdient womöglich noch viel Geld damit. Das geht echt gar nicht, finde ich!

Jedenfalls sind die beiden Kleider überall ganz groß abgebildet. Und wenn man sie in Ruhe und im Detail betrachtet, dann ist die Ähnlichkeit wirklich ganz deutlich. Bei der Modenschau fiel das zunächst gar nicht auf. Erst als Estelle, die Assistentin von Donata Walden, darauf hingewiesen hat, sind alle anderen aufmerksam geworden und es gab einen Riesen-Presserummel. Donata Walden ist beinahe ohnmächtig geworden und stand scheinbar unter Schock. Sie war gar nicht richtig ansprechbar. Der Designer Valentin Kerner war sehr wütend und ist einfach davongerauscht. Hat er tatsächlich den Schnitt von Donata Walden abgekupfert? Es gibt einen Hinweis darauf, dass dies so gewesen sein kann: Tessa, Maries Stiefmutter, die die Designerin von früher kennt, hat erzählt, dass diese bereits vor Jahren eine bestimmte Form von Knopfleisten verwendet hat, die jetzt auch auf dem ›doppelten Kleid‹ zu finden ist. Das legt nahe, dass der Entwurf Frau Waldens Idee war und der Designer ihn nur nachgemacht hat.

Außerdem haben wir eine Drohbotschaft gefunden, die der Designer erhalten hat:
Wir wissen, wer Sie sind. Dies ist unsere letzte Warnung. Hören Sie auf!
Der Text wurde auf die Rückseite einer seiner Visitenkarten geschrieben. Damit macht der unbekannte Schreiber klar, dass er die Adresse des Designers hat und ihn wohl rund um die Uhr beobachtet. Das ist schon gruselig. Valentin Kerner hat sich allerdings wenig beeindrucken lassen, er hat die Karte einfach zerrissen und liegen gelassen. Das ist doch mehr als merkwürdig!
Aber es geht weiter mit den Ungereimtheiten:
Die Assistentin, die durch ihre Äußerung die ganze Sache ja erst ins Rollen gebracht hat, ist die Freundin von Valentin Kerner! Wieso hat sie ihren Freund in Schwierigkeiten gebracht? Nach der Show haben wir beide zusammen gesehen, sie haben sich geküsst und Valentin Kerner schien kein bisschen sauer auf sie zu sein. Das ist doch seltsam!
Genauso seltsam ist allerdings auch, dass Donata Walden unsere Hilfe nicht annehmen wollte. Wobei sie, wie gesagt, wahrscheinlich gestern Abend unter Schock stand und gar nicht kapiert hat, dass gerade drei professionelle Detektivinnen vor ihr stehen.
Wie auch immer: Wir werden morgen um 10:00 Uhr Donata Walden in ihrem Stadtatelier aufsuchen und versuchen, mehr herauszufinden. Immerhin war sie sofort bereit, mit uns zu reden, als Marie sie heute Nachmittag angerufen hat (wobei wir ihr nicht gesagt haben, dass wir in der Kleider-Sache ermitteln, und sie wohl davon ausgeht, dass wir uns für ihr Atelier und die Modebranche interessieren).

Als Nächstes müssen wir dann mit Valentin Kerner sprechen. Es gibt so viele Fragen! Aber wir müssen eben Schritt für Schritt vorgehen.

Geheimes Tagebuch von Kim Jülich
Samstag, 21:05 Uhr
Ich weiß, wer ihr seid. Dies ist meine letzte Warnung. Hört auf zu lesen!!! Ben und Lukas! Mama und Papa! Oder wer auch immer! Mir fällt zwar gerade nicht ein, was ich mit euch machen werde – fürchterlich wird's aber in jedem Fall!
Heute ist Michi mit seinen Freunden zu einer Radtour aufgebrochen. Er ist zwar nur für drei Tage weg – aber ich vermisse ihn schon jetzt soooooooo! Und dann war vorhin auch noch plötzlich mein Handy weg. Einfach weg, spurlos verschwunden. Ich habe es über drei Stunden lang gesucht und mich beinahe mit den Zwillingen geprügelt, weil ich natürlich zuerst dachte, dass sie es genommen haben. Aber dann hat es geklingelt! Ich bin dem Ton nachgegangen – und habe das Handy in Pablos Hundekorb gefunden. Er hatte es total vollgesabbert, aber es funktioniert zum Glück noch. Michi war dran und wollte ganz aufgeregt wissen, ob es mir gut geht. Er hatte mir in der Zwischenzeit bestimmt zwanzig SMS geschickt, auf die ich natürlich nicht geantwortet hatte.
Was für eine Aufregung. Als ob es nicht schon ausreichen würde, dass meine Mutter die ganze Zeit schlecht gelaunt herumläuft, weil sie den Vertretungsplan für die Schule machen muss und das Programm dafür spinnt. Der neue Job hat sie ganz schön verändert, finde ich. Hoffentlich hat Tessa recht. Sie hat gesagt,

dass es eben eine Weile dauert, bis sich meine Mutter an alles gewöhnt hat. Wie lange wird so eine Weile wohl sein …?
Ich glaube, ich rufe jetzt noch mal Michi an und sage ihm Gute Nacht. Mein süßer Schatz!!!

Marie zog die Jeansjacke enger um sich und ging etwas schneller. Es war ziemlich kühl. Eine dichte Wolkendecke verhüllte die Juni-Sonne und verhinderte, dass sie ihre wärmenden Strahlen verschicken konnte. In der Fußgängerzone waren nur wenige Menschen unterwegs. Kein Wunder, an einem Sonntagmorgen um Viertel vor zehn saßen die meisten wahrscheinlich noch gemütlich beim Frühstück oder lagen noch im Bett. Aber Donata Walden war eine viel beschäftigte Frau. Sie hatte nur noch diesen einen Termin für sie frei gehabt. Marie gähnte. Dann lächelte sie. Tessa, Helmut, Lina und sie hatten gestern seit langer Zeit einmal wieder einen lustigen Familienabend verbracht und es war ziemlich spät geworden. Sie hatten den leckeren Auberginenauflauf von Maries Vater gegessen und bis tief in die Nacht Karten gespielt und Quatsch gemacht. Tessa und ihr Vater waren richtig gut gelaunt, sie hatten sich offensichtlich tagsüber ausgesprochen und wieder vertragen. Marie atmete auf. Hoffentlich hielt das lange an. Die angespannte Stimmung bei ihr zu Hause hatte Marie in den vergangenen Wochen ziemlich runtergezogen. Sie straffte die Schultern und atmete tief durch. Aber jetzt ging es ja scheinbar wieder aufwärts!
Marie bog in eine Seitenstraße ein. Sie kannte die Gegend gut, hier war sie mindestens einmal im Monat und ließ sich von ihrem Lieblingsfriseur Giovanni die Haare schneiden

und stylen. In einer Gasse hinter dem Friseursalon lag das Stadtatelier von Donata Walden. Es war in einem alten Fachwerkhaus untergebracht, das direkt am Fluss stand. Der vordere Teil des Gartens war durch eine dichte Reihe von Rosenbüschen gegen die Straßenseite abgegrenzt, an den Seiten verliefen mannshohe Mauern.

Franzi schloss gerade ihr Rad an einem Laternenmast an. Sie winkte Marie zu. »Du bist mal wieder nicht pünktlich!«

Marie deutete empört auf ihre Uhr und wollte schon protestieren, da fuhr Franzi grinsend fort: »Sondern drei Minuten zu früh. Nicht schlecht!«

Marie grinste zurück und boxte Franzi leicht gegen die Schulter.

»Tja, Wunder geschehen!«

»Und da kommt auch schon Kim«, sagte Franzi zufrieden.

Ihre Freundin sprang vom Rad, wischte sich einige Schweißperlen von der Stirn und keuchte: »Gerade noch geschafft. Ich musste noch mit dem Hund raus, weil die Zwillinge ein Spiel haben und meine Eltern sie zum Platz gefahren haben.« Sie ließ das Fahrradschloss einschnappen und richtete sich auf. »Aber jetzt bin ich endlich da.«

Franzi sah ihre Freundinnen unternehmungslustig an. »Also los!«

Sie liefen zur Haustür. Marie drückte den Knopf an der modernen Gegensprechanlage mit Kamera. Es dauerte eine Weile, bis sich Donata Walden meldete.

»Wir sind es, Kim, Franzi und Marie«, sagte Marie.

»Ich mache euch gleich auf«, drang die Stimme der Designerin glasklar durch die Sprechanlage.

Kurz darauf öffnete Donata Walden den drei Detektivinnen die Tür und begrüßte sie mit einem festen Händedruck. »Kommt herein, herzlich willkommen in meinem Studio.« Die locker geschnittene, feuerrote Seidentunika der Designerin umflatterte ihren zierlichen Körper, als sie vor den Mädchen das Atelier betrat.

»Vielen Dank, dass Sie sich für uns Zeit nehmen«, sagte Marie.

»Das ist doch selbstverständlich«, antwortete Donata lächelnd. Sie war ungeschminkt und hatte die Haare mit einem Tuch zurückgebunden. »Es ist schön, wenn sich junge Leute für eine Sache interessieren. Da zeige ich doch gerne etwas! Hier befinden wir uns übrigens in meinem Atelier, in dem ich plane und entwerfe. Nebenan ist die Schneiderwerkstatt und daneben der begehbare Tresorraum, in dem ich die fertigen Kleider aufbewahre. Die Stücke sind zum Teil immerhin mehrere tausend Euro wert.« Die Designerin hob ein heruntergefallenes Stück Brokatstoff auf und legte es über eine Stuhllehne. »Möchtet ihr etwas trinken? Ich habe selbst gemachte Zitronenlimonade da.«

Die drei Mädchen nickten. »Gerne«, sagte Marie.

Donata Walden verschwand durch einen roten Samtvorhang, der eine kleine Teeküche abtrennte.

Marie sah sich bewundernd um. Die meisten Wände des Ateliers zierten großformatige Fotoabzüge, auf denen Models in wunderschönen Abendkleidern abgebildet waren. Eine Wand war komplett bedeckt von Skizzen, Stoffproben und Schnappschüssen von weißen Stränden und weiten Ozeanen. Dazwischen waren getrocknete Blumen, Muscheln und Seesterne angepinnt. Marie trat näher. Sie betrachtete eine mit wenigen Bleistiftstrichen hingeworfene Skizze eines Models mit überlangen Beinen und schmaler Taille, das ein wunderschönes, blau-weiß geringeltes Sommerkleid trug.

Donata kam mit einem Tablett wieder herein und stellte es auf dem Couchtisch ab. »Das ist meine Sammlung von Anregungen und Stimmungen für die nächste Sommerkollektion *Maritime Moments.*« Sie schenkte Limonade aus einer Karaffe in drei Gläser ein und reichte die den Mädchen.

»Danke!«, sagte Marie und nahm ihr Glas. Sie nickte in Richtung der einen Wand. »Das ist aber ein riesiges *Moodboard.*«

»Was für ein Board?«, fragte Franzi und drehte sich neugierig um. Sie hatte sich gerade ein Foto mit einem Segelboot darauf angesehen.

Marie grinste ihre sportbegeisterte Freundin an. »Weder *Skate-* noch *Snowboard – Moodboard.*« Sie deutete zu der Wand mit den angepinnten Sachen. »Tessa macht so was auch für ihre T-Shirt-Kollektionen, allerdings in viel kleiner.«

»Ach so«, sagte Franzi und sah etwas enttäuscht aus.

Donata warf Marie einen anerkennenden Blick zu. »Du kennst dich ja gut aus«, stellte sie fest. »Möchtest du denn auch Modedesignerin werden?«

Marie zuckte mit den Schultern. »Das weiß ich noch nicht. Aber Mode und Styling interessieren mich schon sehr.«

Donata lächelte. »Du hast ja noch ein bisschen Zeit.«

Kim nippte von ihrer Limonade. Sie räusperte sich und deutete auf zwei große Monitore, die auf einem Schreibtisch zwischen mehreren Tastaturen, Computermäusen, Zeichenpads und Unterlagen standen. »Entwerfen Sie auch digital?«

»Sicher«, antwortete Donata Walden. »Meist überträgt meine Assistentin meine Skizzen auf digitale Modefigurinen, dann verbessere ich und setze die Farben – und dann werden die Schnittmuster erstellt.«

»Arbeiten Sie denn schon lange mit Estelle zusammen?«, platzte Marie heraus.

Donata sah kurz irritiert aus, dann antwortete sie: »Seit zwei Jahren. Warum möchtest du das denn wissen?«

Marie biss sich auf die Lippe. War sie jetzt zu sehr vorgeprescht? Ihr Bauchgefühl sagte ihr, dass Donata Walden nicht begeistert sein würde, wenn sie merkte, dass die drei !!! sich nicht nur für ihre Arbeit als Designerin interessierten. Aber nun hatte sie sich schon ein Stück vorgewagt. Marie beschloss, das Risiko einzugehen.

»Wir haben letzten Freitagabend gesehen, wie Estelle zusammen mit Valentin Kerner in seinem Auto weggefahren ist.«

Donata hob eine Augenbraue. »Ja, und?«

»Sie haben sich geküsst«, schaltete sich Kim jetzt ein. »Wussten Sie, dass die beiden zusammen sind?«

Die Designerin schüttelte unmerklich den Kopf. »Nein, bislang wusste ich das nicht. Aber sie ist schließlich erwachsen und kann sich einlassen, mit wem sie will. Auch mit diesem Kerner.«

Der verächtliche Unterton in Donata Waldens Stimme ließ kaum Zweifel daran, was sie von dem Mann hielt.

»Sie vertrauen ihr also voll und ganz?«, fragte Franzi. »Obwohl sie mit einem Konkurrenten zusammen ist. Einem Mann, der vielleicht einen Ihrer Entwürfe kopiert hat?«

Donata Walden verschränkte die Arme vor der Brust. »Sagt mal, ihr drei, was wollt ihr eigentlich? Ich dachte, ihr interessiert euch für mein Studio?«

Kim räusperte sich. »Das tun wir auch. Aber wir wollen Ihnen auch helfen, die Sache mit dem Plagiat aufzuklären.«

Donata Walden schüttelte den Kopf. »Ich habe so viele Dinge im Kopf, die ich erledigen muss, diese dumme Geschichte ist für mich im Augenblick wirklich nicht so wichtig.«

Marie sah sie erstaunt an. »Aber auf dem Theaterfest hat das ganz anders ausgesehen.«

»Ja, das mag sein. Aber ich habe es mir eben anders überlegt.«

Marie sah Donata überrascht an.

Auch Kim blinzelte erstaunt.

Plötzlich deutete Franzi zum Schreibtisch hin. »Dieser Umschlag dort. Den hatte Valentin Kerner letzten Freitag dabei!«

Marie kniff die Augen zusammen. Was war denn jetzt los? Sie sah zum Tisch. Tatsächlich. Dort lag auf einem der Papierstapel ein orangefarbener Briefumschlag. Genau so hatte der ausgesehen, der Valentin Kerner heruntergefallen war. Das konnte natürlich Zufall sein … Marie sah genauer hin. Eine Ecke des Umschlags wies einen Knick auf. Kein Zweifel! Es musste derselbe Briefumschlag sein, den sie aufgehoben und dem Designer zurückgegeben hatte. Sie konnte sich genau daran erinnern, dass Valentin Kerner so schnell zugegriffen hatte, dass ein Eselsohr entstanden war. In Maries

Kopf überschlugen sich die Gedanken. Ihr wurde ganz heiß vor Aufregung. Was, wenn dieser Valentin Kerner …
»Frau Walden«, rief Kim. »Werden Sie von Valentin Kerner … erpresst?«
Marie nickte. Ihre Freundin hatte also genau den gleichen Gedanken wie sie. Auch Franzi nickte heftig. »Bitte sagen Sie uns, was der Mann von Ihnen will! Wir helfen Ihnen …«
Donata Walden lachte auf. »Was ist denn das für eine Idee?« Sie schüttelte den Kopf. »Ich glaube, ihr habt zu viele Krimis gesehen. Warum, um Himmels willen, sollte mich Valentin erpressen?«
Die drei !!! sahen sich an. Kim räusperte sich. »Es ist alles so seltsam, was bisher geschehen ist, und dieser Valentin Kerner war so angespannt und Sie wirken auch nicht gerade entspannt und …«
»Da ist jemand im Garten!«, rief Franzi plötzlich. Sie lief zu dem großen Terrassenfenster. »Ein Mann mit einem schwarzen Kapuzenpulli. Bei den Rosenbüschen!«
Donata Walden trat einen Schritt zurück und hielt sich an der Wand fest. »Wo? Ich sehe niemanden!«
»Dort«, rief nun auch Kim aufgeregt. »Da war ein Schatten. Jemand ist nach draußen geschlüpft.«
Franzi griff zur Klinke. »Lasst uns nachsehen!«
Im selben Moment erklang ein Klacken.

Spione überall!

Franzi rüttelte hektisch an der Tür. »Die geht nicht auf!« Donata Walden griff sich an die Stirn. »Sie ist zentralverriegelt. Ich habe eben vor lauter Aufregung den Mechanismus für alle Türen und Fenster ausgelöst.« Sie deutete schuldbewusst auf ein kleines Kästchen, das neben ihr an der Wand hing. »Ich habe das Haus sehr gut absichern lassen.«

»Das gibt's doch nicht«, sagte Franzi. Sie hechtete in Richtung Flur. »Wir müssen ihm nach!«

»Die Haustür ist auch verschlossen«, rief die Designerin. Sie begann hastig auf dem Display der Anlage zu tippen. »Ich muss einen bestimmten Code eingeben, damit die Verriegelung gelöst wird.« Sie tippte weiter. »Jetzt habe ich mich geirrt. Moment, gleich habe ich es.«

Kim verdrehte die Augen. »Er ist weg. Bis wir draußen sind, ist der Eindringling schon längst über alle Berge.«

Genau so war es. Als die Fenster und Türen endlich wieder frei waren und die drei !!! nach draußen stürmen konnten, war niemand mehr zu sehen.

»Und ihr seid euch sicher, dass da jemand war?«, fragte Donata leise.

»Ganz sicher«, murmelte Marie. Sie lief zu der Rosenhecke und musterte den Boden. »Hier ist ein frischer Fußabdruck, ganz deutlich!«, rief sie triumphierend.

Die anderen kamen zu ihr. Kim bückte sich über die Spur. Sie nickte. Dann biss sie sich auf die Lippe. »Zu blöd, ich habe das Gipsabdruckset nicht dabei!«

»Dann müssen wir es eben holen und später noch mal vorbeikommen«, sagte Marie.
Kim seufzte. »So machen wir's.« Sie zog einen der Plastikbeutel aus ihrem Rucksack, die die drei !!! immer bei sich hatten, um wichtige Fundstücke sicher zu verpacken, und legte ihn über den Abdruck. Dann klaubte sie zwei Steine aus dem Beet und beschwerte die Folie damit. »Das dürfte ein ausreichender Schutz sein, falls es in der Zwischenzeit regnet.« Sie stand auf und klopfte sich Erde aus der Hose.
»Ihr seid wirklich professionell«, stellte die Designerin fest, die schweigend zugesehen hatte. Dann sah sie auf die Uhr. »So spät schon! Es tut mir wirklich leid, aber ich muss nun weiterarbeiten.«
Die drei !!! waren so überrascht von diesem freundlichen, aber bestimmten Rauswurf, dass sie nicht widersprachen. Donata Walden begleitete sie zur Tür. Sie bedankten sich und gaben der Designerin die Hand. »Wenn da noch mal jemand in Ihrem Garten auftaucht, rufen Sie uns dann gleich an? Wir …«, versuchte es Kim.
Donata Walden nickte abwesend und murmelte: »Jaja. Aber ich muss jetzt zu meinen Entwürfen.«

Sie liefen zu den Fahrrädern. Marie warf ihr Haar über die Schulter und schnaubte: »Das war ja eben ein ziemlicher Reinfall!«
Kim schloss ihr Rad auf. »Es hätte besser laufen können, richtig.« Sie steckte den Schlüssel wieder ein. »Ich fand es allerdings sehr interessant. Donata Walden hat sich doch mehr als merkwürdig benommen. Sie scheint weder an der

Plagiatsaffäre wirklich interessiert zu sein noch daran, dass jemand in ihren Garten einbricht. Das ist doch seltsam!«
Franzi zog das Bügelschloss aus ihrem Rad. »Wenn ihr mich fragt: Das eben war hochverdächtiges Verhalten!«
Marie runzelte die Stirn. »Du meinst also, *sie* hat den Entwurf von Valentin Kerner geklaut?«
»Das wäre eine durchaus berechtigte Annahme.« Kim stieg auf ihr Rad. »Wir sollten so schnell wie möglich bei diesem Valentin Kerner vorbeischauen und ihn befragen!«
Marie nickte. »Die Person im Rosenbusch könnte natürlich auch er gewesen sein. Vielleicht wollte er gerade nach weiteren Modellen und Schnittmustern Ausschau halten.«
Kim seufzte. »Wenn du meinst.« Sie klang allerdings wenig überzeugt. »Leute, ich muss jetzt los, damit ich pünktlich zum Mittagessen komme. Meine Mutter macht sonst Ärger.« Sie verdrehte die Augen. »Aber was haltet ihr davon, wenn wir gleich heute Nachmittag zu Valentin Kerner fahren und ihm einen kleinen Überraschungsbesuch abstatten?«
»Und wenn er gar nicht da ist?«, fragte Franzi.
Kim schwang sich auf ihr Fahrrad. »Dann nutzen wir die Chance, uns dort ein bisschen umzusehen oder umzuhören.«
Marie nickte. »Mir fällt jetzt auch nichts Besseres ein. Lasst es uns so machen. Aber erst am späten Nachmittag, ich bin nachher noch mit Holger verabredet.« Als sie den Namen aussprach, spürte sie ein kleines Glücksgefühl in sich aufsteigen und sie lächelte.
»Ich bin heute auch verabredet!«, sagte Franzi mit blitzenden Augen. »Felipe und ich probieren die neue Eisdiele am Jakobipark aus!«

»Super!«, sagte Marie. »Dann läuft es mit euch beiden gut?«
Franzi nickte. »Eigentlich schon. Felipe erzählt vielleicht ein bisschen zu viel von Mexiko …«
Marie sah sie fragend an. »Hat er denn immer noch Heimweh?«
»Und wie!« Franzi biss sich auf die Lippe. »Ich glaube, es ist fast schlimmer als vorher.«
Franzis Freund war Halbmexikaner und hatte über zehn Jahre in Mexiko gelebt, bevor er mit seiner Mutter und seinem Onkel nach Deutschland gekommen war. Er fühlte sich hier zwar sehr wohl, hatte aber immer auch Sehnsucht nach seiner Heimat. Vor Kurzem war er für ein mehrmonatiges Praktikum in Mexiko gewesen. Alle hatten gehofft, dass nach diesem Aufenthalt sein Heimweh nicht mehr so schlimm sein würde. Aber darin hatten sie sich wohl getäuscht.
Kim ließ plötzlich den Kopf hängen. »Ich kann total verstehen, dass Felipe Mexiko vermisst. Es ist einfach schlimm, wenn man von etwas getrennt ist, das man liebt.«
Jetzt erst fiel Marie wieder ein, dass Kims Freund Michi für ein paar Tage weggefahren war. »Vermisst du Michi sehr?«, fragte sie und strich Kim über den Arm. »Er ist doch gar nicht so lange weg.«
Kim schluckte. »Klar, ich weiß. Es geht ja auch schon wieder.« Sie sah Marie tapfer an. »Und jetzt muss ich wirklich los! Treffen wir uns nachher um fünf mit den Rädern vor dem Bahnhof? Dann können wir zusammen ins Industriegebiet fahren.«
»Alles klar!«, riefen Marie und Franzi wie aus einem Mund.

Fünf Stunden später waren die drei Detektivinnen wieder zusammen unterwegs. Sie konnten auf der alten Landstraße, die seit dem Neubau der Schnellstraße wenig benutzt wurde, zu dritt nebeneinanderfahren.
»Holger ist so süß«, schwärmte Marie und wich einer Coladose aus, die mitten auf der Fahrbahn lag. »Er hat mich vorhin ins französische Bistro eingeladen und mir ein Handtuch geschenkt! Das war so romantisch, sage ich euch.«
Kim trat in die Pedale und sah Marie verwundert von der Seite an. »Ein *Handtuch*?«
Franzi grinste. »Klingt wirklich sehr romantisch.«
»Es ist eins von denen, die ganz klein zusammengeschrumpelt sind und sich erst auseinanderfalten, wenn man sie ins Wasser wirft. Es ist ein rotes Herz!« Marie sah kurz auf das Smartphone, das sie an den Lenker geklemmt hatte. »Wir müssen da vorne links rein!« Sie sah nach hinten und bog ab. »Holger meinte, dass ich es mitnehmen soll, wenn wir wieder zum Parkouring gehen und ich noch mal irgendwo ins Wasser fallen sollte.«
»Das ist natürlich etwas anderes«, sagte Franzi sofort. »Das ist wirklich sehr süß.«
»Und wie war dein Date mit Felipe?«, fragte Kim.
Franzi verzog den Mund. »Es war etwas schwierig.«
»Warum denn das?«, wollte Marie sofort wissen.
»Er war sauer, weil ich nur so kurz Zeit hatte.«
»Aber ihr hattet doch bestimmt drei Stunden!«, rief Marie.
Franzi nickte. »Fast vier, wir haben uns schon um halb eins getroffen. Aber es hat Felipe nicht gereicht.« Sie seufzte. »Ich glaube, er ist eifersüchtig auf unseren Detektivclub.«

Kim schüttelte den Kopf. »Das geht gar nicht, finde ich.«
»Du sagst es«, rief Franzi und machte ein finsteres Gesicht. »Ich verstehe das nicht. Früher war er doch nie so!«
»Das wird bestimmt wieder«, versuchte Marie ihre Freundin zu trösten.
Franzi zuckte mit den Schultern. »Hoffentlich.«
»Sind wir hier wirklich richtig?«, fragte Kim plötzlich. »Wir kommen in den alten Teil vom Industriegebiet hinein. Es sieht total verlassen aus.«
Marie überprüfte die angegebene Strecke auf dem Navi. »Doch, alles stimmt.« Sie sah sich um. Tatsächlich wirkten die vielen leeren Backsteingebäude mit den kaputten Fenstern etwas düster. Allerdings gab es zwischendrin immer wieder Häuser, die frisch renoviert waren und vor denen Autos geparkt waren. »Tessa hat mir erzählt, dass die Gegend seit einiger Zeit ziemlich hip ist. Viele Fotografen, Künstler und Designer sind mit ihren Ateliers hierhergezogen.«
»Aha«, sagte Kim und trat etwas schneller in die Pedale. Ihr war eindeutig immer noch mulmig zumute.
»Mach dir keine Sorgen«, rief ihr Marie zu. »Wir sind hier absolut sicher. Da vorne ist es übrigens schon: Kettenweg 13b.«
Sie fuhren an einem alten Sägewerk vorbei und hielten vor der Nr. 13, einem kleinen Fabrikgebäude mit mehreren Schornsteinen, dessen Fassade frisch gereinigt war. Die Klinkersteine leuchteten in der Sonne hellrot. Hinter dem Holzzaun, der das Gelände umgab, wucherten dichte Büsche und große Brennnesselpflanzen. Sie stellten die Räder ab und liefen durch das Eingangstor. Rechts und links vom Weg wa-

ren Gras und Unkraut kniehoch gewachsen. Es zog sich bis an die Seite des Haupthauses, das große Sprossenfenster hatte, die bis zum Boden reichten. Auch sie waren sauber und blitzten in der Sonne. Es gab keine Vorhänge oder Jalousien.
»Wartet mal«, hörte Marie plötzlich Franzi flüstern. Sie blieb stehen. Franzi hatte den Zeigefinger vor ihren Mund gepresst und deutete mit der anderen Hand zur Seite des Gebäudes.
Kim und Marie sahen in die Richtung. Plötzlich spürte Marie ein Kribbeln in der Magengegend. Durch das hohe Gras und Unkraut zog sich eine Spur: In einer Breite von vielleicht einem Meter war alles platt gewalzt. Die Furche endete an einem großen Hortensienbusch. Während Marie noch überlegte, wie diese Spur entstanden sein konnte, packte Kim sie am Handgelenk. Aufgeregt flüsterte ihre Freundin: »Da ist was im Busch!«
Die drei Detektivinnen gingen sofort in Deckung.
Marie bog etwas Gras zur Seite und spähte auf die Hortensien. Der Strauch war bis zum Boden mit rosa Blüten bewachsen, sodass der untere Teil vollkommen im Schatten lag. Marie kniff die Augen zusammen und konzentrierte sich. Da, im Schatten bewegte sich etwas!
Franzi robbte auf dem Bauch ein Stück vorwärts. Marie holte sie ein. »Was willst du machen?«
»Keine Ahnung«, zischte Franzi. »Ich will sehen, was da los ist. Für ein Tier ist die Spur viel zu breit. Ich glaube, da liegt ein Mensch und beobachtet Valentin Kerner!«
Jetzt erst erkannte Marie die Silhouette des Designers im Fenster. Er lief auf und ab und schien zu telefonieren. Wur-

de der Mann wirklich beobachtet? Womöglich von derselben Person, die vorhin bei Donata Walden durch die Rosenbüsche entkommen war?
Kim schloss zu ihnen auf und sie robbten, so leise es ging, im Gras weiter vor. »Spione überall!«, ächzte Kim. Sie schien den gleichen Gedanken wie Marie zu haben.
Plötzlich stutzte sie. »Hört ihr das?«
»Was?« Franzi reckte den Hals.
»Eine Stimme.« Kim schüttelte den Kopf. »Sie kommt aus dem Busch.«
Sie wagten sich noch ein Stück weiter vor. Jetzt waren sie nur wenige Schritte vom Versteck des Spions entfernt.
Marie riskierte einen Blick. Überrascht sog sie die Luft ein. »Es sind *zwei* Personen, und sie haben«, Marie schluckte, »ein Gewehr bei sich!«
»Quatsch«, zischte Franzi. »Erkennst du es nicht? Das ist ein Richtmikrofon. So eines haben wir doch auch!«
»Jetzt seid doch mal leise«, flüsterte Kim. »Ich glaube, ich kann Valentin Kerners Stimme hören.«
»Aber alles ist total verzerrt«, stellte Franzi nach einer Weile fest.
»Pst«, machte Marie.
Und dann hörten sie einen Satz: *»Ich habe den Frauenschuh so gut wie sicher.«* Der Rest war wieder nicht zu verstehen.
»Die beiden Spione hören das Telefon von Valentin Kerner ab«, flüsterte Kim.
»Hat er *Frauenschuh* gesagt?«, fragte Franzi verwirrt.
Marie nickte. »Das habe ich auch gehört.« Sie pustete sich eine Haarsträhne aus dem Gesicht. »Vielleicht will er jetzt

auch noch Schuhmodelle nachmachen.« Plötzlich duckte sie sich weiter runter und zischte: »Achtung, im Busch bewegt sich was.«
Es raschelte, als sich die beiden Gestalten halb aufrichteten. »Wir haben es«, ertönte eine leise Stimme. »Komm, es reicht.«
Franzi zuckte zusammen. »Sie kommen aus ihrem Versteck. Weg hier!«
Hastig robbten die drei !!! rückwärts.
Maries Haar verfing sich in einem Strauch. Sie zerrte verzweifelt daran, es knackte, ein Zweig brach ab, sie kam frei. Sie blickte auf – und sah direkt in ein Paar vor Schreck geweitete Augen. Vor ihr lag ein Junge im Gras! Er öffnete den Mund, dann folgte ein lauter Schrei.
Marie schrie ebenfalls auf. Kim und Franzi erstarrten.
Ein Junge, vielleicht 15, 16 Jahre alt, mit zerzaustem dunklem Haar, rappelte sich auf. Hinter ihm richtete sich ein weiterer Junge auf. Er hatte einen Rucksack umgehängt, aus dem der Schalltrichter eines Richtmikrofons heraushing.
Fassungslos sah er die drei Mädchen an. »Was macht ihr hier?«
»Das frage ich dich!«, schrie Franzi zurück.
»Spinnt ihr, hier so rumzubrüllen?«
Marie packte den Jungen am Handgelenk. »Was habt ihr hier zu suchen?«
Der Junge wehrte sie ab und stieß sie von sich. Marie fiel gegen Kim, die sie gerade noch halten konnte.
»Oh nein!«, rief Franzi in dem Moment. »Valentin Kerner.«
Marie sah, dass eines der großen Fenster offen stand. Der

Designer kam mit vor Wut verzerrtem Gesicht angerannt. »Verdammt!«, schrie er. »Jetzt habe ich euch erwischt!« Er packte Marie hart am Arm. »Ihr verdammten kleinen Schnüffler, euch werde ich …«
Marie zappelte. »Lassen Sie mich los! Sie tun mir weh!«
Kim und Franzi stürzten sich auf den Mann und versuchten ihre Freundin aus dem klammernden Griff zu befreien.
»Sie fliehen!«, keuchte Franzi plötzlich. »Wir müssen hinterher!«
Marie sah, wie die beiden Jungen in einem irren Tempo hinter dem Haus verschwanden. Es war klar, dass selbst die sportliche Franzi sie nicht einholen würde.
»Schön hiergeblieben!«, rief Kerner und packte Franzis Arm. »Eure Kumpels könnt ihr später treffen.«
»Das sind nicht unsere Kumpels!«, keuchte Franzi. »Wir kennen die beiden nicht. Wir haben sie eben erwischt, wie sie im Gebüsch hockten und Sie beobachtet haben.«
Kim und Marie nickten stumm.
»Und was wollt *ihr* dann hier? Warum spioniert ihr mir hinterher?« Der Designer war immer noch sehr wütend und ballte die Fäuste.
»Ich kenne euch doch«, sagte Valentin Kerner plötzlich. »Ihr wart bei der Fashion-Show bei Donata.«
Kim hob beschwichtigend die Hände. »Richtig. Sie haben uns am Freitag beim Theaterfest gesehen.« Sie strich durch ihre verwuschelten Haare. »Und wir, äh, spionieren nicht. Wir haben auf dem Parkplatz beim Theater eine Ihrer Visitenkarten gefunden, und da hatte jemand eine Drohung draufgeschrieben. Darüber wollten wir mit Ihnen sprechen.«

Kim suchte etwas in ihrer Hosentasche. »Dabei sind uns diese beiden Jungen aufgefallen.« Dass sie einen Teil des Telefonats mitbekommen hatten, verschwieg Kim. »Mist, ich habe unsere Visitenkarte nicht dabei. Marie, du?«
Marie zog ihr silbernes Etui hervor und reichte dem Designer eine Karte. »Wir sind Detektivinnen und möchten Ihnen unsere Hilfe anbieten.«
Valentin Kerner starrte auf das Kärtchen in seiner Hand. »Was soll das alles?«
»Wir haben uns Sorgen gemacht …«, begann Kim. Sie redete auf den Designer ein. Franzi schaltete sich ebenfalls ein.
Nur Marie schwieg – und hörte auch nicht mehr zu. Sie hatte nämlich etwas entdeckt, das halb im Gras verborgen lag: ein Notizblock. Er sah noch ziemlich neu aus. Lange konnte er noch nicht da liegen. Wahrscheinlich hatte einer der Jungen ihn vorhin bei ihrem Gerangel verloren. Blitzschnell griff Marie zu und ließ den kleinen Block im Ärmel ihres Shirts verschwinden.
»Ich habe diese Detektivspielchen echt satt!«, hörte Marie den Designer jetzt schimpfen. »Es ist ja wirklich nett, dass ihr euch um mich Sorgen gemacht habt. Aber ich garantiere euch: Das ist nicht nötig! Lasst mich einfach in Ruhe.« Er sog scharf Luft ein und warf den Kopf in den Nacken. »Alles, was ich will, ist meine Ruhe! Habt ihr alle denn nichts Besseres zu tun, als unbescholtenen Bürgern hinterherzuspionieren?« Er seufzte abgrundtief. Dann sagte er: »Ich stecke mitten in den Vorbereitungen für die nächste Kollektion. Lasst mich bitte meine Arbeit machen! Sonst drehe ich durch!«
Die drei Detektivinnen sahen sich an. Sie glaubten Valentin

Kerner kein Wort. Aber es war offensichtlich, dass sie mit dem immer noch wütenden Mann momentan kein vernünftiges Wort sprechen konnten.

»Gut, lasst uns gehen«, sagte Kim. Sie hielt dem Designer die Hand hin. »Einen schönen Abend noch.«

Kerner drehte ihr wortlos den Rücken zu und stapfte durch das Gras zurück zum Fabrikgebäude.

Marie verschränkte die Arme vor der Brust. »So ein Idiot.«

Plötzlich spürte sie ein Piksen am Ellbogen. Der Notizblock!

Sie zog ihn aus ihrem Ärmel und hielt ihn hoch. »Seht mal, der lag im Gras. Wahrscheinlich haben die Jungs ihn verloren.«

Kim und Franzi reckten neugierig die Hälse. »Vielleicht steht eine Adresse drin oder irgendetwas, das uns die Identität der beiden verrät«, murmelte Kim.

Marie blätterte die Seiten durch. »Nur die erste Seite ist beschrieben.« Sie tippte auf eine Notiz, die in eiliger Krakelschrift hingeworfen war.

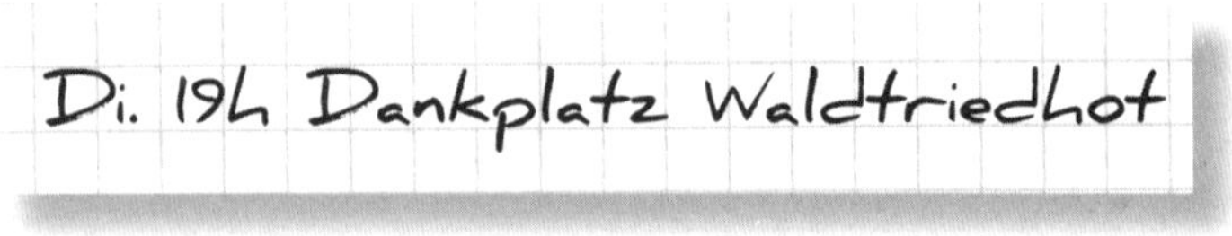

»Was für eine Klaue«, stellte Kim fest. »Könnt ihr das lesen?«

»Nein. Aber ich bin dafür, dass wir erst mal von hier verschwinden und dann versuchen, es in Ruhe zu entziffern«, flüsterte Franzi. »Kerner steht am Fenster und beobachtet uns.«

Marie und Kim nickten. Sie liefen zum Eingangstor, holten ihre Räder und fuhren bis zu dem alten Sägewerk. Bei einem zusammengefallenen Holzstapel hielten sie an und lehnten die Räder dagegen. Marie hielt den Notizblock in die Mitte und sie versuchten gemeinsam herauszufinden, was auf der ersten Seite stand.

»Das erste Wort heißt, glaube ich, Di – wie Dienstag«, stellte Kim fest. »Dazu würde 19 h passen, also eine Uhrzeit.«

»Dienstag, 19:00 Uhr. Genau.« Marie nickte zufrieden. »Aber was bedeutet der Rest?« Sie stupste Franzi an. »Versuch du es doch mal, du hast doch auch so eine Sauklaue.«

»Hör mal!« Franzi boxte Marie an die Schulter. »Das muss ich mir nicht sagen lassen, du …«

Bevor sie weitersprechen konnte, mischte sich Kim ein. »Ich glaube, wir haben gerade Besseres zu tun, als rumzustreiten.«

Franzi machte den Mund auf und klappte ihn wieder zu. Sie schien es sich anders überlegt zu haben. »Okay. Vielleicht hast du recht.« Sie beugte sich über den Zettel. »*Dankplatz*«, murmelte sie. »Wo soll der denn sein? Ich kenne keinen Platz hier in der Gegend mit dem Namen. Und das zweite Wort heißt … *Waldtriedhot* …?«

Kim holte einen Stift und ein Blatt Papier aus ihrer Tasche. »Vielleicht ist es eine Geheimschrift?«

Franzi zuckte mit den Schultern. »Kann sein. Aber welche?«

Kim schrieb hastig die 26 Buchstaben des Alphabets auf ihren Zettel. Sie starrte abwechselnd darauf und auf den Notizblock. »Vielleicht eine Verschiebung wie beim Cäsar-Code?« Sie probierte es aus. »Xbm…«, murmelte sie. »Das ergibt keinen Sinn. Vielleicht einen Buchstaben zurück?« Sie

schrieb: *Vzk*... »Nein, da kommt auch nichts Vernünftiges raus.«
Marie sah interessiert zu. Plötzlich stutzte sie. »Vielleicht ist es wirklich nur eine sehr undeutliche Handschrift und wir lesen die Buchstaben nicht richtig. Lasst mal eure Fantasie spielen.« Sie zog den Notizblock näher zu sich. »Hier, das D könnte auch ein verrutschtes P sein, und das kleine n sieht ein bisschen aus wie ein r ...«
»Es heißt *Parkplatz*!«, sagte Franzi. Sie bekam rote Wangen. »Das kleine t darin sieht übrigens anders aus als in dem komischen *Waldtriedhot.*«
»Du hast recht«, stimmte ihr Kim zu. Sie kaute nachdenklich auf ihrem Stift.
Marie und Franzi sahen konzentriert auf das Blatt vor sich.
»Ein f?«, murmelte Marie.
»*Waldfriedhof*!«, sagten die drei Mädchen wie aus einem Mund. Dann klatschten sie sich ab.
»Dienstag um 19 Uhr auf dem Parkplatz Waldfriedhof«, sagte Franzi leise. »Ich habe keine Ahnung, wohin uns das führt, wer sich dort treffen will oder was dort passieren soll. Aber wir werden dort sein, oder!?«
»Klar!«, sagte Kim. Sie zuckte mit den Schultern. »Außerdem liegt es doch nahe, dass der Designer dort irgendwas vorhat. Er muss sich bei seinem Telefonat mit jemandem verabredet haben und die Jungs haben sich den Treffpunkt notiert.«
»Der Typ ist mehr als merkwürdig«, sagte Marie. »Erst klaut er Donata Waldens Entwurf, dann will er Frauenschuhe – und jetzt geht er auf den Waldfriedhof. Normal ist das nicht.«

Kim grinste. »Du bist echt unverbesserlich. Es ist immer noch nicht bewiesen, dass *er* das Kleid nachgemacht hat.«
»Ich komme langsam total durcheinander«, stellte Franzi fest und seufzte. »Ich weiß auch schon gar nicht mehr, was ich von wem halten soll. Wir sollten morgen unbedingt eine Clubsitzung abhalten und das alles mal sortieren.«
»Finde ich auch«, antwortete Marie.
»Am besten treffen wir uns wieder im Pferdeschuppen«, schlug Franzi vor. Sie grinste. »Wir müssen uns da sowieso mal wieder blicken lassen. Sonst machen sich meine Mutter und Katja mit ihren Kuchen total breit.«
»Alles klar«, sagte Kim. »Morgen im Hauptquartier – um zehn?« Sie hob ihre Hand.
Marie und Franzi schlugen sofort ein.

Einbruch!

Am nächsten Morgen stand Marie vor dem riesigen Kleiderschrank in ihrem Zimmer und überlegte, was sie anziehen sollte. Sie schob die Bügel, auf denen ihre Tops farblich sortiert hingen, hin und her. Schließlich holte sie die weiße, kurzärmelige Bluse mit dem gemusterten Kragen hervor. Ihr Blick fiel auf den Detektivkoffer, den sie auf dem Boden des Schranks griffbereit aufbewahrte. Sie musste demnächst mal wieder den Inhalt durchgehen und sehen, ob etwas zu ersetzen war. Das Gipspulver zum Beispiel war immer schnell aufgebraucht. In dem Moment, als Marie diesen Satz dachte, fiel es ihr siedend heiß ein. Sie schlug sich vor die Stirn. Sie wollten doch gestern noch den Fußabdruck im Garten von Donata Walden sichern! Marie schüttelte den Kopf. Dass keine von ihnen mehr daran gedacht hatte, war schon ein Ding. Andererseits hatten sich die Ereignisse ziemlich überschlagen. Die beiden Jungs im Busch, der wütende Designer, die geheimnisvolle Notiz – das alles hatte sie einfach zu sehr abgelenkt. Marie sah auf den Wecker auf ihrem Nachttisch. Es war noch früh. Wenn sie sich beeilte, konnte sie einen kleinen Umweg machen und noch vor dem Clubtreffen beim Atelier der Designerin vorbeifahren, um schnell den Gipsabdruck abzunehmen.

Marie schnappte sich die weiße Bluse und eine Jeans und zog sich schnell an. Die Haare band sie zu einem einfachen Pferdeschwanz. Dann packte sie die benötigten Utensilien in ihren Rucksack und sprang die Treppe hinunter. Noch im

Laufen versuchte sie Donata Walden anzurufen, um sich anzukündigen. Leider war das Handy der Designerin abgeschaltet. Marie ließ ihr Smartphone in den Rucksack gleiten. Sie würde unterwegs noch mal probieren, anzurufen.
Tessa saß mit Finn in der Küche. Marie streckte den Kopf zur Tür herein. »Ich fahre zu Franzi!«
Tessa sah sie verwundert an. »Ich dachte, ihr trefft euch erst um zehn Uhr?«
»Ja, ich …« Marie überlegte, ob sie erzählen sollte, was sie vorhatte. Sie entschied sich dagegen. Es war ihr jetzt zu kompliziert, die Sache zu erklären. »Ich muss vorher noch ein bisschen an der frischen Luft sein«, sagte Marie.
Tessa nickte. »Das kann ich verstehen.« Sie hielt Finn einen Löffel Brei hin. Der Kleine presste die Lippen aufeinander und drehte den Kopf weg. Tessa seufzte. Sie drückte Finn den Löffel in die Hand. Sofort strahlte er, öffnete seinen Mund und patschte eine Löffelladung Brei knapp daneben.
»Immerhin, die Hälfte ging rein«, murmelte Tessa und lächelte. Sie wischte Finn das Gesicht ab. »Du hast halt deinen eigenen Kopf, nicht wahr?« Wie zur Bestätigung ließ Finn den Löffel in die Breischüssel fallen und klatschte mit der Hand hinterher.
»Bin ich froh, dass wir bald eine zweite Babysitterin haben werden«, murmelte Tessa. Dann sah sie Marie an. »Komm, iss bitte noch etwas, bevor du gehst!«
Marie verdrehte die Augen. »Bei Franzi gibt es bestimmt wieder Kekse und Kuchen.«
Tessa deutete zur Obstschale. »Wenigstens eine Banane oder einen Apfel.«

»Na gut!« Marie schnappte sich einen glänzenden roten Apfel und biss hinein. »Habt einen schönen Tag, bis später!«, nuschelte sie und machte sich davon.
Auf dem Weg zum Fahrradschuppen versuchte Marie erneut, Donata Walden anzurufen. Aber das Handy der Designerin war immer noch abgeschaltet. Marie beschloss, es dennoch auf gut Glück im Atelier zu probieren.
Als sie zehn Minuten später vor dem Fachwerkhäuschen stand und klingelte, musste sie feststellen, dass niemand öffnete. Sie drückte erneut auf den Klingelknopf. Jetzt erst fiel ihr auf, dass gar kein Geräusch zu hören war. Die Türglocke musste defekt oder leise gestellt sein. Marie klopfte. Aber auch daraufhin tat sich nichts im Haus. Sie sah auf ihre Armbanduhr. Das Detektivclubtreffen fand erst in zwanzig Minuten statt. Sie konnte jetzt noch ganz schnell einen Gipsabdruck von der Spur machen und ihn mit zum Treffen nehmen. Vielleicht würde sie das in ihren Ermittlungen endlich weiterbringen.
Marie sah sich um. In der Rosenhecke, die den Garten von der Straße abgrenzte, gab es eine kleine Lücke. Ein Erwachsener würde hier sicher nicht durchkommen, ohne gehörig von den Dornen zerkratzt zu werden. Aber Marie war schmal und gelenkig. Sie überlegte nicht lange. Sie würde jetzt einfach in den Garten gehen und schnell die Spur sichern.
Marie bückte sich und schlüpfte zwischen den dornigen Zweigen hindurch, es ging ganz leicht. Sie lief die wenigen Schritte bis zur Stelle, an der sie gestern den Fußabdruck im Beet gefunden hatten. Zuerst fielen Marie drei große, pralle Säcke auf, die gestern noch nicht dort gelegen hatten. »Rin-

denmulch« war darauf zu lesen. Dann stellte sie fest, dass das gesamte Beet mit ebendiesem Mulch aufgefüllt worden war. Marie blieb der Mund offen stehen. Hektisch suchte sie den Boden ab. Leider wurde ihre Befürchtung bestätigt: Der Fußabdruck war verschwunden! Jemand hatte ihn zugeschüttet. Marie ballte die Fäuste. Wer war das gewesen? Sie setzte ihren Rucksack wieder auf und stapfte zu der Stelle, an der sie durch die Hecke hineingeschlüpft war. Sie warf einen wütenden Blick in Richtung der Terrassentür. Hatte die Designerin etwa die Spur zerstört? Aber warum? Plötzlich stutzte Marie. Sie sah ein zweites Mal zur Terrasse. Augenblicklich begann ihr Herz schneller zu pochen: Die Tür stand offen!

Leise schlich sich Marie über den Rasen, lief an einem Gartentisch und vier Stühlen vorbei und presste sich seitlich neben der Tür an die Wand. Sie schob den Kopf vor und blickte in den Raum.

Marie hielt den Atem an. Das Atelier sah aus, als hätte eine Bombe eingeschlagen! Fast der gesamte Boden war mit Skizzenblättern, Stoffresten und Fotos bedeckt. Auf dem Schreibtisch herrschte ein heilloses Chaos, so als hätte jemand auf der Suche nach etwas Bestimmtem alles durchwühlt. *Einbrecher!* schoss es Marie durch den Kopf. Sie wühlte im Rucksack nach ihrem Handy. Mit zitternden Fingern zog sie es hervor. Was war mit Donata Walden geschehen? Hatte man sie entführt? Lag sie hilflos irgendwo im Haus? Marie schluckte. Oder war womöglich Schlimmeres passiert? Sie rief Kims Nummer im Handy auf. Im selben Moment ertönte ein Schrei und eine Gestalt stürzte auf Marie zu. Vor

Schreck ließ sie das Handy fallen. Marie trat einen Schritt zurück und fing ebenfalls an zu schreien.
Dann erkannte sie, dass eine junge Frau vor ihr stand. Sie hatte kupferrote lange Haare und sah sie aus großen Augen an. Dann machte es ›klick‹. Vor ihr stand Estelle!
Die Assistentin sah sie geschockt an und hielt ihre Arme vor der Brust gekreuzt. »Gute Güte, du bist das«, presste sie hervor. »Marie, nicht wahr?«
Marie nickte. Sie bekam keinen Ton über die Lippen. Ihre Kehle war wie zugeschnürt.
»Ich habe beinahe einen Herzinfarkt gekriegt. Da geht man kurz zur Toilette und kommt zurück und es steht ein Einbrecher vor der Tür.« Estelle schüttelte den Kopf. »Was machst du hier?«
Marie atmete tief durch. »Ich wollte schnell eine Spur sichern, die wir gestern im Garten gefunden haben.« Sie zuckte mit den Schultern. »Ich dachte, es ist niemand da, und da bin ich eben …«
»Mal schnell eingebrochen!«, rief Estelle. »Du bist hier einfach so hereingekommen, das ist echt die Höhe!«
Marie machte ein schuldbewusstes Gesicht. »Es tut mir leid, das ist mir jetzt wirklich peinlich. Aber Frau Walden geht nicht an ihr Handy, niemand hat auf mein Klingeln reagiert – da dachte ich, es ist niemand zu Hause. Ich wollte wirklich nur schnell einen Gipsabdruck machen und dann wieder gehen.«
Estelle schüttelte den Kopf. Aber sie wirkte immerhin etwas ruhiger.
»Aber dann habe ich das Chaos hier drin gesehen und bin

stehen geblieben«, fuhr Marie fort. »Es sieht aus, als sei eingebrochen worden. Ich habe mir Sorgen um Frau Walden gemacht.«
Estelle lächelte. »Donata ist in ihrem Wochenendhaus, um Energie zu tanken. Sie hat die ganze Nacht an der neuen Kollektion gearbeitet und ist heute früh gefahren. Wenn sie sich erholen will, geht sie nie an ihr Handy.« Sie deutete auf den Boden. »Und so sieht es hier immer aus, wenn Donata im ›kreativen Prozess‹ ist. Sie ist, nun ja, ziemlich impulsiv.«
»Und was machen *Sie* hier?«, fragte Marie. »Heute ist doch Pfingstmontag! Sie arbeiten an einem Feiertag?«
»Ich übertrage heute die Skizzen meiner Chefin in Reinzeichnungen und entwerfe die Schnittmuster. Donata ist etwas spät dran. Sie will übernächste Woche eine neue Kollektion auf der Messe präsentieren.« Estelle zuckte mit den Schultern. »Die Kleider müssen nächste Woche von unseren Schneiderinnen ja erst noch genäht werden. Damit alles zeitlich überhaupt möglich ist, muss ich heute arbeiten.« Sie lief zum Schreibtisch. »Wenigstens ruft an einem Feiertag niemand an. Außerdem habe ich die Türklingel abgestellt, damit mich wirklich niemand stört.« Sie nickte. »So wie es aussieht, werde ich heute fertig.« Dann trommelte sie mit den Fingern nervös auf der Tischplatte. »Also, wenn ich jetzt gleich weiterarbeite, meine ich.« Sie setzte ein entschuldigendes Lächeln auf. »Du musst dich nicht wieder durchs Gebüsch schlagen. Komm rein, ich bringe dich zur Haustür.«
Marie räusperte sich. »Ja, das ist nett. Danke.« Sie hob ihr

Handy auf und steckte es ein. »Und entschuldigen Sie bitte noch mal, dass ich Sie so erschreckt habe.«
Estelle nickte. »Schon gut.«

Als Marie wieder vor ihrem Fahrrad stand, wurde ihr mit einem Schlag bewusst, in welche peinliche Situation sie sich selbst gebracht hatte. Ihr wurde ganz heiß. Wie sollte sie das Kim und Franzi erklären? Am liebsten hätte sie ihnen überhaupt nichts von ihrem ›Besuch‹ im Atelier erzählt. Das kam natürlich nicht infrage, schon allein weil sie unbedingt berichten musste, dass jemand den Fußabdruck zerstört hatte. Marie hatte ein merkwürdiges Gefühl. Irgendwie fand sie es seltsam, dass Donata Walden so schnell das Atelier verlassen und in ihr Ferienhaus gefahren sein sollte. Hatte Estelle vielleicht etwas mit ihrem Verschwinden zu tun?
Das Klingeln ihres Handys riss sie aus den Gedanken.
»Wo steckst du?«, drang Franzis verärgerte Stimme an ihr Ohr. »Wir warten schon über eine halbe Stunde auf dich!«
Marie zuckte zusammen. »Oh nein«, flüsterte sie. »Unser Clubtreffen.«
»Was denkst du dir eigentlich?«, schnaubte Franzi ins Telefon. »Du kannst Kim und mich doch nicht einfach so hängen lassen. Weißt du eigentlich, was hier gerade los ist? Diese Katja hat …«
Bevor Franzi loslegen konnte, sagte Marie: »Bitte kommt sofort zum Atelier von Donata Walden. Irgendwas stimmt hier nicht.«
»Was machst du bei der Designerin?«, fragte Franzi total überrascht.

Marie runzelte die Stirn. »Ich erkläre euch alles, wenn ihr da seid. Bitte beeilt euch!«
»Gut. Bis gleich.« Franzi drückte das Gespräch weg.
Marie schob ihr Rad ein Stück weiter und lehnte es an eine Litfaßsäule. So konnte sie vom Haus der Designerin aus nicht gesehen werden.
Keine Viertelstunde später kamen Kim und Franzi auf ihren Rädern angeschossen. Marie winkte.
Ihre Freundinnen hielten bei ihr an und sprangen ab.
»Was ist los?«, fragte Kim atemlos. Sie hielt sich die Seiten und schnaufte erschöpft. »Aber wie ich sehe, ist dir nichts passiert.«
»Mit mir ist alles in Ordnung«, beruhigte Marie ihre Freundin. »Ich mache mir allerdings Sorgen …«
»Hoffentlich hast du einen guten Grund dafür, dass du uns zuerst versetzt hast und jetzt hierherbestellst«, unterbrach Franzi sie. »Wir haben vorhin die Hölle durchgestanden! Diese Katja kam einfach in den Pferdeschuppen und hat die Kaffeemaschine, die sie mit meiner Mutter im *Lomo* gekauft hat, angeschleppt. Plus dutzende von Kisten!«
»Unser Hauptquartier ist total zugemüllt«, fügte Kim hinzu. »Wir müssen unbedingt mit Franzis Mutter reden. So geht das nicht weiter.«
Marie hatte betroffen zugehört. »Das müssen wir wohl machen. Klingt ziemlich schlimm, was ihr da erzählt.« Sie seufzte. »Aber erst mal haben wir hier etwas zu tun, glaube ich.«
Marie zog ihre Freundinnen hinter die Litfaßsäule und brachte sie in kurzen Worten auf den neuesten Stand. Kim und Franzi hörten gebannt zu.

»Du glaubst also, Donata Walden ist entführt worden oder wird gefangen gehalten?«, fragte Kim schließlich.

»Ja. Nein.« Marie knetete ihre Hände. »Ich weiß nicht. Ich habe einfach ein ganz komisches Gefühl. Irgendwas geht in diesem Atelier nicht mit rechten Dingen zu.«

Kim sah hinter der Litfaßsäule hervor auf das Fachwerkhaus. Sie zuckte zusammen. Dann raunte sie: »Wen haben wir denn da?!«

Horror auf dem Laufsteg

»Valentin Kerner!« Marie sah, wie der schlanke Mann mit dem schwarzen Rollkragenpulli und den karierten Hosen in ein Handy sprach. Er stand neben seinem schwarzen Kleinwagen, der vor dem Haus geparkt war.
Keine fünf Sekunden später öffnete Estelle die Tür und fiel dem Designer um den Hals.
»Und mir hat sie gesagt, dass sie arbeiten muss!«, zischte Marie. »Aber für ihren Freund hat sie natürlich Zeit.«
Franzi grinste. »Das spricht nicht unbedingt gegen sie, finde ich. Irgendwie sind die beiden doch süß.«
Marie runzelte die Stirn. »Wenn du mich fragst, da steckt noch etwas anderes hinter seinem Besuch. Der kommt doch nicht nur kurz vorbei, um Estelle einen Kuss zu geben …«
»Wie meinst du das?«, fragte Franzi.
»Sie gehen hinein«, unterbrach Kim sie.
Marie steckte vorsichtig den Kopf vor und sah zum Fachwerkhäuschen. In dem Moment kamen Estelle und Valentin Kerner wieder in Sicht. Sie schleiften eine große graue Tasche aus grobem Stoff gemeinsam über die Schwelle.
Marie sog scharf die Luft ein.
Estelle gab dem Designer einen Kuss und er nahm die Henkel der Tasche auf, um sie über die Schulter zu werfen. Er ging leicht in die Knie, taumelte, fing sich dann aber wieder. Unter sichtlicher Kraftanstrengung schleppte er seine Last zum Auto und wuchtete sie in den Kofferraum. Dann stieg er ein und ließ den Motor an.

»Was war da drin?«, fragte Franzi.
Marie wurde schwindelig. »Zähl doch mal eins und eins zusammen: Donata Walden ist verschwunden, angeblich ist sie in ihrem Ferienhaus. Aber sie geht nicht an ihr Handy, im Atelier sieht es aus wie nach einem Kampf, jetzt schleifen die zwei eine Riesentasche durch die Gegend, in die locker ein Mensch hineinpasst!«
»Du meinst, da ist Donata Walden drin?« Kims Wangen röteten sich vor Aufregung. »Du meinst, sie wird gerade entführt?«
Marie nickte.
»Wir müssen sie retten!«, rief Kim. Sie stieg auf ihr Fahrrad. »Kommt!«
Der schwarze Wagen brauste an ihnen vorbei. Marie und Franzi schwangen sich auf ihre Räder. Sie traten wie verrückt in die Pedale und nahmen die Verfolgung auf. Aber bereits nach einigen Metern rief Franzi: »Bei dem Tempo können wir nicht mithalten!«
»Er blinkt nach links!«, sagte Marie aufgeregt. »Da geht es zur Ausfallstraße.«
»Die führt direkt ins alte Industrieviertel«, keuchte Kim. »Meint ihr, er fährt zu seinem Atelier?«
»Ich glaube schon.« Franzi nickte kurz. »Wir müssen es einfach versuchen.«
»Wir können durch den Schillerpark fahren«, schlug Marie vor. »Das geht schneller.«
Franzi zeigte mit dem Daumen nach oben und bog in die Fußgängerzone ein. Kim und Marie rasten hinterher. Eine Frau mit einem Dackel an der Leine sprang erschrocken zur

Seite und sah ihnen mit einem vorwurfsvollen Blick hinterher.

Kim drehte sich kurz um und winkte. »Entschuldigung, es ist ein Notfall!«

Sie durchquerten den Schillerpark in Rekordzeit und bogen am Nordausgang in die Eisenbahnstraße ein. Fünf Minuten später hatten sie den alten Teil des Industriegebiets erreicht.

Franzi war als Erste bei dem kleinen Fabrikgebäude. Sie sprang vom Rad und lehnte es an den Holzzaun an. »Volltreffer«, sagte sie atemlos. »Sein Auto steht da.«

Marie und Kim lehnten ihre Fahrräder ebenfalls an den Zaun.

»Die Tür ist offen!«, murmelte Kim. »Ich kann aber niemanden sehen.«

»Vorsicht, vielleicht kommt Valentin Kerner gleich wieder heraus.« Franzi zog ihre Freundinnen hinter einen Busch.

Sie beobachteten eine Weile das Haus. Aber nichts tat sich.

»Wir müssen da hinein!«, sagte Franzi plötzlich.

Marie zögerte. Sie hatte ein mulmiges Gefühl. Auch Kim schien zu überlegen. Sie starrte auf ihr Handy. »Willst du Kommissar Peters anrufen?«, fragte Marie.

Kim zuckte mit den Schultern.

»Kommt ihr?«, rief Franzi leise. Sie war bereits bis zu dem großen Hortensien-Strauch gelangt, in dem sie die beiden Jungen erwischt hatten.

Kim steckte das Handy in ihre Jacke zurück. Sie sah Marie an. »Ich glaube, wir schauen erst mal selbst nach.«

»Okay.«

Sie sprinteten zu Franzi rüber.

»Endlich!«, flüsterte sie und machte einen Schritt auf die offen stehende Tür zu.
»Wir sollten klingeln«, sagte Kim.
»Damit er gewarnt ist und Donata irgendwo verschwinden lässt, wo wir sie nie wieder finden?« Franzi tippte sich an die Stirn. »Niemals! Außerdem steht die Tür sperrangelweit offen – das ist doch geradezu eine Einladung.«
»Das ist doch gerade das Seltsame«, murmelte Kim. »Ich weiß einfach nicht ...«
Franzi lugte in den schmalen Flur. Sie wippte ungeduldig auf den Fersen und sagte mit fester Stimme: »Ich gehe da jetzt rein.«
Kim zog ihr Handy aus der Tasche und schloss die Hand fest darum. »Gut, dann los.«
Marie folgte ihren Freundinnen. Sie schlichen durch den Flur. Auf der linken Seite gab eine Tür den Blick frei in einen großen hellen Raum mit Parkettfußboden und riesigen Sprossenfenstern, die bis zum Boden reichten. Der Raum war spärlich eingerichtet: Außer einer Sitzlandschaft vor den Fenstern und einem langen Esstisch mit acht Stühlen befanden sich keine Möbel darin.
»Hier stand Kerner am Sonntag, als er telefoniert hat«, sagte Franzi und wies mit dem Kinn zu den Fenstern.
Marie lief bis zu einer Metalltür am Ende des Flurs. Sie drückte vorsichtig die Klinke herunter und stemmte sich dagegen. Die Tür schwang auf.
»Wow!«, entfuhr es Franzi. Vor ihnen lag eine weite und hohe fensterlose Halle. Die Wände waren unverputzt und von der Decke hingen Neonröhren, die taghelles Licht aus-

strahlten. Vier Arbeitsplätze mit Nähmaschinen befanden sich in einer Ecke, dazwischen gab es lange Pulte mit jeder Menge Stoffballen, Bändern, Borten und Kästen mit Schmucksteinen, Federn und anderen Utensilien.
Sie musterten vorsichtig den Raum. Nach einigen Sekunden war klar: Auch hier befand sich kein Mensch.
»Das scheint die Schneiderwerkstatt zu sein«, sagte Marie. Sie lief einige Schritte in die Halle hinein. »Hier gibt es sogar einen Laufsteg«, stellte sie verwundert fest. »Habt ihr schon die Schaufensterpuppen gesehen? Und dahinter ist eine Tür –« Marie erstarrte. Die Neonröhren an der Decke waren mit einem Schlag erloschen. Es war plötzlich stockdunkel, nur von der Tür her fiel etwas Licht. »He, was ist los?«
Im selben Moment krachte die Tür ins Schloss.
Kim schrie auf. »Mach sofort das Licht wieder an, Marie.«
»Ich war das nicht«, rief Marie zurück.
Ein dumpfes Hämmern erklang.
»Was ist das?«, schrie Kim.
»Ich hab gegen die Tür gehämmert«, rief Franzi verzweifelt. »Sie geht nicht mehr auf!«
Marie spürte, wie ihr das Herz bis zum Hals schlug. Sie wartete darauf, dass sich ihre Augen an die Dunkelheit gewöhnten. Aber in der fensterlosen Halle gab es nicht den geringsten Widerschein von irgendeiner Lichtquelle. Die Finsternis umgab sie wie eine tiefschwarze Masse. Auf einmal fiel Marie die Orientierung schwer. Wo genau befand sie sich gerade? Wo war oben, wo unten, wo der Catwalk? Wo waren Kim und Franzi? Und: War hier womöglich noch jemand im Raum? Marie erschauerte.

»Marie?«, erklang Kims Stimme von weiter hinten.
»Hier bin ich.« Sie kniff die Augen zusammen und konzentrierte sich auf einen Punkt vor ihr. Irgendwann musste sie doch wenigstens Schatten erkennen.
Etwas polterte laut. »Oh! Verdammter Mist!«, hörte Marie Franzis vor Schmerz verzerrte Stimme.
»Franzi, was ist passiert?«
»Ich bin über etwas drübergefallen, keine Ahnung, was das war.«
»Alles in Ordnung bei dir?«
»Ich habe mir das Knie angeschlagen«, sagte Franzi und ächzte. »Ist aber nicht so schlimm.«
Tapsende Schritte kamen näher.
»Bist du das, Franzi?«
»Nein, ich bin's, Kim.«
Eine Hand traf Marie an der Schulter. Sie schrie auf.
»Geschafft«, sagte Kim dicht neben ihr. »Jetzt müssen wir nur noch Franzi finden.«
»Hier!«, ertönte es dicht neben Marie. Sie zuckte zusammen.
»Hast du mich erschreckt!«
»Tut mir leid.« Eine Hand tastete sich an Maries Arm herunter und ergriff ihre Hand. Franzi drückte sie fest.
»Wenigstens sind wir jetzt alle wieder zusammen«, flüsterte Kim.
»Es war eine bescheuerte Idee, ins Haus zu gehen«, sagte Franzi. Sie seufzte. »Was machen wir denn nun?«
»Keine Ahnung«, antwortete Marie. Sie zitterte und presste ihre Zähne fest aufeinander, weil sie sonst laut geklappert hätten.

»Ich rufe Kommissar Peters an«, sagte Kim. Das Display ihres Handys leuchtete blassblau auf. In dem schwachen Lichtschimmer erkannte Marie einen Teil des Laufstegs direkt vor sich.
»Verdammt, kein Netz.« Kim atmete scharf aus.
Plötzlich erklang ein leises Surren.
»Was passiert da?«, rief Franzi alarmiert. Marie hielt den Atem an.
Und dann konnte sie nur noch schreien: Ein Paar grüne Augen schwebte schräg vor ihnen in der Finsternis! Dahinter erschien ein weiteres Paar, dann noch eines! Ein geisterhaftes grünes Licht tauchte von irgendwoher auf und beleuchtete den Catwalk. Marie stockte der Atem: Eine Gruppe dunkler Gestalten bewegte sich schweigend auf sie zu. Sie liefen hintereinander, wie auf einer Kette aufgefädelt, nein, sie liefen nicht, sie *schwebten*. Außer dem leisen Surren war nichts zu hören.
»Was wollen Sie von uns?«, schrie Marie.
Die Gestalten antworteten nicht. Schweigend setzten sie ihren Marsch fort.
Franzi zischte: »Das ist doch komplett verrückt. Sagt mir, dass ich träume!«
»Wir müssen raus hier«, flüsterte Kim. »Ich habe keine Ahnung, was hier gerade passiert, aber ich will nicht, dass gleich *noch mehr* passiert.«
Marie nickte hektisch. Sie versuchte, in dem diffusen Licht zu erkennen, wo die zweite Tür war, die sie vorhin hinter dem Laufsteg gesehen hatte. Die geisterhaften Gestalten schwebten unaufhörlich weiter auf sie zu. Marie erkannte,

dass sie hüftlange Capes trugen, deren Kapuzen sie über den Kopf gezogen hatten. Eine der Figuren stützte eine Hand in die Seite und stellte ein Bein aus, als würde sie gerade auf dem Catwalk posen. Dabei schwankte sie leicht. Marie runzelte die Stirn.

Auch Franzi sah gerade sehr genau hin und schüttelte den Kopf. Dann stieß sie aus: »Ich fasse es nicht!«, und rannte auf die erste Gestalt zu.

»Halt, Franzi, nicht!«, schrie Kim. Dann erstarrte sie und blieb mit offenem Mund stehen.

Franzi war nicht zu stoppen. Sie baute sich vor der ersten Gestalt auf und zischte: »Ich hab's doch gewusst.« Dann packte sie zu.

Marie schloss die Augen. Ein lautes Knacken ertönte.

Als Marie vorsichtig die Augen wieder öffnete, stand Franzi vor ihr. Mit einem triumphierenden Lächeln hielt sie ihr einen Arm hin. Er war weiß und ganz steif. Marie schluckte. Sie hatte sich also nicht getäuscht.

»Schaufensterpuppen!«, rief Franzi. »Sie sind auf einer Art Förderband auf dem Laufsteg befestigt. Und sie haben kleine Leuchten in den Augen.«

Kim klappte den Mund wieder zu.

»Wer auch immer diese Geister-Show hier abzieht, der hat sie doch nicht mehr alle!«, sagte Franzi. »Irgendwo hört der Spaß auf!«

Kim nickte. »Ich will sofort raus hier.«

»Lasst es uns bei dem anderen Ausgang versuchen«, sagte Marie. Sie lief vorsichtig am Catwalk vorbei auf die Tür am anderen Ende der Halle zu. Sie zog am Knauf – die Tür sprang auf!

Kim und Franzi liefen zu ihr und gemeinsam schlüpften sie hindurch. Sie gelangten in eine kleinere Halle, die offensichtlich als Bibliothek und Archiv diente. Lange Regalreihen erstreckten sich entlang der Wände. Sie waren über und über mit Modezeitschriften, Bildbänden und Papiermappen beladen. Ein moderner Schreibtisch stand vor einem Fenster, darauf lagen ein Laptop und mehrere Papierstöße.
Franzi sah aus dem Fenster. »Hier geht es zu einer Art Innenhof. Da drüben in der Mauer scheint ein Durchgang raus zur Straße zu sein.« Sie sah sich um. »Keine Tür hier, merkwürdig.« Sie deutete zu einer Wand, die komplett von einem Regal mit Zeichenmappen eingenommen wurde. »Das Gebäude geht hier eigentlich weiter.« Sie öffnete das Fenster. »Seht ihr?«
Marie nickte zerstreut. Sie wollte einfach nur noch raus. »Wir gehen jetzt durchs Fenster.« Sie stellte ein Bein auf die Fensterbank. »Ich bleibe keine Sekunde länger in diesem Gruselhaus.«
Auch Franzi, die vorhin so viel Mut bewiesen hatte, war jetzt ganz blass um die Nase. »Das war ja fast wie im Horrorfilm!«
Marie saß bereits auf der Fensterbank, sie sah auf die Zeichenmappen in dem Regal. »Ich möchte wirklich wissen, was dieser Valentin Kerner noch so treibt, wenn er gerade keine Modekollektionen entwirft.« Plötzlich fiel ihr Blick auf einen Gegenstand am Boden, der am äußersten Ende vor dem Regal lag.
Sie riss die Augen auf. »Die Tasche!«
»Was?« Kim sah Marie irritiert an. Dann fiel der Groschen.

»Die Tasche, die Valentin Kerner vorhin bei Estelle abgeholt hat. Oh Gott …«
Marie lief zum Regal und betrachtete die Tasche, die immer noch schwer beladen und ausgebeult aussah. Sie schluckte und sah Kim und Franzi fragend an. Die beiden nickten.
Marie nahm ihren gesamten Mut zusammen. Dann sah sie hinein.

Showdown auf dem Friedhof

Detektivtagebuch von Kim Jülich
Dienstag, 14:00 Uhr
Eine Leiche zu entdecken ist bestimmt das Schlimmste, was einem im Leben passieren kann. Ich bin so froh, dass uns das gestern erspart geblieben ist!!! Ich glaube, wir haben alle drei bis zur letzten Sekunde befürchtet, dass Donata Walden in diesem grauen Sack mit Henkeln steckt, den Valentin Kerner bei Estelle abgeholt hat. Wir haben ihn deshalb bis zu seinem Atelier verfolgt. Aber in der Tasche war zum Glück nur ein Sack mit Rindenmulch! (Wobei jetzt noch zu klären ist, was er damit anstellen will. Auch bei Donata Waldens plötzlichem Verschwinden habe ich immer noch ein sehr ungutes Gefühl. Ist sie wirklich einfach nur in ihr Ferienhaus gefahren und hat ihr Handy abgestellt, damit sie in Ruhe entspannen kann? Oder steckt etwas anderes dahinter?)
Jedenfalls war unser spontaner ›Besuch‹ bei Valentin Kerner eine echte Horrorshow. Ich habe die halbe Nacht wach gelegen, weil ich ständig diese Bilder vor Augen hatte: Wie diese Gestalten mit den gruseligen grünen Augen auf uns zugeschwebt sind … Dabei waren es nur Schaufensterpuppen auf einem Laufband! Es ist ziemlich klar, dass dieser Designer Valentin Kerner dafür verantwortlich ist. Warum macht er so etwas Durchgeknalltes???!! Was stellt der Typ in seinem Atelier an?!
Fragen über Fragen. Dieser Fall hat es echt in sich. Ich habe das Gefühl, mit lauter einzelnen Puzzlestücken zu jonglieren. Jedes Teil ist wichtig, bloß habe ich keinen Plan, welches Gesamtbild

sich ergeben soll. Das ist echt nervig! Wie so oft gilt mal wieder: eins nach dem anderen und nie die Geduld verlieren. Auch wenn das dieses Mal richtig schwer ist!
Eben hat Marie angerufen und erzählt, dass Donata Walden mit Tessa telefoniert hat. Die Designerin ist tatsächlich einfach für ein paar Tage weggefahren, um zu entspannen. Sie hat sich mit Tessa für nächste Woche verabredet. Also gibt es hier Entwarnung: kein Einbruch im Atelier, keine Entführung, Estelle hat die Wahrheit gesagt. Marie hat das Chaos im Atelier wohl falsch interpretiert, auch Tessa hat ihr nämlich erzählt, dass Ordnung nicht gerade Donatas Ding ist. So gesehen haben wir uns gestern vollkommen unnötig aufgeregt. Allerdings war es sehr interessant, was da im Atelier passiert ist. Der Typ ist mehr als rätselhaft.
Außerdem hat Marie erzählt, dass Franzi heute mit ihrer Mutter sprechen will. Als sie nach der Schule heimgekommen ist, stand ein Backofen im Pferdeschuppen!! Den hat diese Katja einfach dort abgeladen. Ich weiß nicht, was das soll, die wollen sich doch wohl nicht auf Dauer bei uns einrichten ;-)?
Aber jetzt kommt erst mal das Treffen beim Parkplatz am Waldfriedhof. Wir haben uns um Viertel vor sieben verabredet, um dort ein gutes Versteck zu finden, von dem aus wir observieren können. Ich bin schon gespannt, was dieses Mal passiert. Bei diesem Valentin Kerner muss man scheinbar mit allem rechnen …

Geheimes Tagebuch von Kim Jülich
Dienstag, 16:57 Uhr
Peinlich, ich bin heute in der ersten Stunde in Bio eingeschlafen! Kein Wunder, ich war schließlich die halbe Nacht wach und

hatte immer wieder diese Horrorbilder von gestern vor Augen. Das war echt krass. Zum Glück konnte auch Michi nicht schlafen, weil Rolf im Zelt so geschnarcht hat. Wir haben über eine Stunde telefoniert und danach ging es mir schon viel besser. Michi ist ein echter Schatz!!! Ich freue mich schon so darauf, dass wir uns morgen endlich wiedersehen!!!
Nach dem Mittagessen habe ich mich erst mal für drei Stunden hingelegt. Zum Glück bin ich sofort eingeschlafen und habe auch keine Albträume mehr gehabt. Jetzt bin ich für unsere Mission heute Abend fit. Heute fand ich es übrigens sehr praktisch, dass Mama so viel Zeit für ihren Rektorinnenjob braucht und abgelenkt ist. Zum Beispiel hat sie in den letzten Wochen nur ein Mal wissen wollen, ob ich meine Hausaufgaben gemacht habe. Früher hat sie mich das täglich gefragt. Heute hat sie nur schweigend genickt und an ihrem Computer weitergetippt, als ich ihr gesagt habe, dass ich zu einem Nähkurs ins Jugendzentrum gehe, der bis 21:30 Uhr dauert. Früher hätte sie sofort wissen wollen, wer da noch alles ist, wer den Kurs leitet und so weiter. Nur Papa hat zuerst ein bisschen komisch geguckt, so als würde er ahnen, dass das Ganze eine Ausrede ist. Ich hatte schon Angst, dass er jetzt anfängt mich auszufragen. Aber er hat nur geseufzt und gelächelt, und dann hat er gesagt: Ein Nähkurs! Jetzt wird meine kleine Kim erwachsen. Sie macht keine Detektivspiele mehr, sondern entwirft sich schöne Kleider.
Mann, Papa, du hast echt keine Ahnung. Und das ist auch besser so. Erwachsen bin ich schon lange, also fast jedenfalls, und das mit den Detektivspielen … *da müssen wir noch mal ein Wörtchen drüber reden!! Aber nicht heute. Heute muss ich zum* Detektivspielen. *Haha.*

Hallo Lukas und Ben,
passst mal auf: Falls ihr das hier gelesen habt und mich jetzt bei Mama verpetzen wollt: Ich weiß, wer letzte Woche die Schokoladenvorräte in der Küche geplündert hat!! Ich habe euch nämlich gesehen und *fotografiert. Die Beweisaufnahmen habe ich gut versteckt. Ich kann sie Mama jederzeit zuspielen, denkt dran!!! Also: Eine Hand wäscht die andere, alles klar?!?*

»Macht mal ein bisschen Platz«, flüsterte Franzi. »Ich glaube, man kann mich sonst sehen.« Marie rutschte ein Stück näher an den Stamm der Tanne. Franzi rückte seufzend auf. Sie hatten den großen Baum als Versteck gewählt, weil sie von hier aus gute Sicht über den Parkplatz hatten und gleichzeitig durch die tief herabhängenden Äste mit den dichten Nadeln daran vor Blicken geschützt waren. Allerdings war der gesamte Boden von einer dicken Schicht Tannennadeln bedeckt, die sich sofort in jede Stofffalte setzten und fürchterlich piksten. Aber jetzt war es zu spät, es war bereits fünf vor sieben. Sie konnten es nicht riskieren, aus der Deckung zu gehen, um einen neuen Unterschlupf zu suchen. Marie sah missmutig in den bleigrauen Himmel hinauf. »Hoffentlich fängt es jetzt nicht auch noch an zu regnen.«
Kim nickte. »Womöglich kommt sonst keiner und wir drücken uns hier völlig umsonst rum.«
»Pst«, machte Franzi. »Da vorne ist jemand!«
Marie spähte hinter einem Zweig hervor. Ein einsamer Radfahrer war vom Wald her aufgetaucht. Er hatte eine dunkelgrüne Jacke und eine ebenfalls grüne Cargohose an. Auf dem Rücken trug er einen schwarzen Rucksack. Er legte sein Rad

im Laub ab und sah sich um. Für einen Moment schien er Marie direkt in die Augen zu sehen. Sie duckte sich etwas weiter runter. »Das ist einer der Jungs, die Kerner beobachtet haben!«
»Sie haben sich das Datum also auch ohne ihre Notiz gemerkt.« Kim reckte den Hals. »Wo ist der andere?«
»Keine Ahnung, da ist sonst niemand.«
Der Junge stieg unweit von ihnen ins Gebüsch und legte sich flach auf den Boden. Es raschelte kurz, dann war es still. Nur die Vögel in den Bäumen waren zu hören.
Kim verdrehte die Augen und Franzi zeigte mit dem Daumen nach unten. Ab jetzt würden sie nicht mehr sprechen können, weil der Junge sie sonst garantiert bemerkte. Vorsichtig streckte Marie ihr eingeschlafenes Bein aus und massierte es. Hoffentlich passierte bald mal etwas!
Wie auf Kommando ertönte ein Motorengeräusch. Das schwarze Auto des Designers kam in Sicht. Valentin Kerner parkte den Wagen auf dem sonst völlig leeren Parkplatz. Der Motor wurde abgestellt und das Fenster auf der Fahrerseite heruntergefahren. Jetzt hörte man Musik, dann Stimmen aus dem Auto heraus.
»Das sind die *White Scorpions,* coole Hörspielreihe«, flüsterte Franzi. Marie presste den Zeigefinger auf ihren Mund und sah Franzi scharf an. Franzi zog schuldbewusst den Kopf ein.
Im nächsten Moment fuhr eine Person auf einem Fahrrad vor. Sie hatte einen Anorak an und die Kapuze auf und steuerte auf das Auto zu. Sofort verstummten die Stimmen aus dem Auto und der Designer sprang heraus. Er umarmte die

Person und zog ihr lachend die Kapuze vom Kopf. Langes, kupferrotes Haar wurde sichtbar. Es war Estelle. Marie verzog den Mund. Womöglich hatten sich die beiden bloß zu einem harmlosen Spaziergang verabredet?
Der Designer beugte sich in den Wagen und zog zwei Rucksäcke daraus hervor. Er schloss ab. Scheinbar hatte er außer Estelle niemanden erwartet. Das Paar lief zum Eingang des Waldfriedhofs. Für einen kleinen Spaziergang hatten die beiden ziemlich viel Gepäck bei sich, stellte Marie fest.
Der Junge kam vorsichtig aus seinem Laubversteck gekrochen und nahm die Verfolgung auf. Die drei Detektivinnen warteten einen Moment, dann gab Franzi ein Zeichen und sie folgten. Mittlerweile hatte sich der Himmel weiter verdunkelt und graue, schwere Gewitterwolken zogen über sie hinweg. In der Ferne war ein Wetterleuchten zu sehen, dumpfes Donnergrollen drang durch die Abendluft.
Das Paar ging ein Stück über den Hauptweg, dann bog es in einen schmalen Nebenweg ein. Der Junge folgte ihnen unauffällig, indem er sich hinter den Grabsteinen am Wegesrand versteckte.
Die drei !!! pirschten ebenfalls von Grabstein zu Grabstein. Marie erschauerte. Im fahlen Zwielicht schien ein Steinengel in der zweiten Reihe ihr zuzulächeln und sie mit seinem Blick zu verfolgen. Sie schüttelte den Kopf.
Eine Weile schlichen sie schweigend weiter.
»Dort hinten sind die Baumgräber«, raunte Franzi plötzlich. »Wir sind ganz in der Nähe von Oma Lottis Grab!«
Valentin Kerner lief noch einige Meter weiter, dann ließ er seinen Rucksack zu Boden gleiten und öffnete ihn. Estelle

öffnete den zweiten Rucksack und holte mehrere leere Plastikbehälter daraus hervor.
Der Junge duckte sich in zwei Metern Entfernung hinter dem Stamm einer Eiche mit einem mächtigen Blätterdach.
Die drei Detektivinnen versteckten sich hinter einem anderen Baum ganz in der Nähe.
»Was haben die vor?«, fragte Franzi.
Der Designer holte einen Klappspaten aus dem Rucksack. Franzi sog scharf die Luft ein. »Will er dort etwas ausgraben? Beim Grab von Oma Lotti?!«
Marie und Kim konnten ihre Freundin nur mit Mühe davon abhalten, aus dem Versteck zu stürzen und Valentin Kerner die Schaufel aus der Hand zu schlagen. »Das ist unglaublich!«, keuchte Franzi, aber sie blieb in der Deckung. Marie legte ihr die Hand auf den Arm.
Kerner lief an den Bäumen vorbei. Er steuerte auf eine freie Fläche zu, die, wie Marie jetzt erkannte, mit einem dichten Teppich aus kleinen, weißen Blüten bedeckt war. Es mussten die Blumen sein, von denen Franzi ihnen erzählt hatte. Der Mann begann tatsächlich zu graben. Vorsichtig stieß er den Spaten ins Erdreich.
»Zumindest gräbt er keine Urnen aus«, zischte Franzi. »Ich verstehe trotzdem nichts. Was will er dort bei den Blumen?«
Marie sah sie ratlos an. »Vielleicht geht es um einen vergrabenen Schatz …«, begann sie aufgeregt. Im selben Moment wurde sie von einem lauten Knacken unterbrochen. Der Junge taumelte kurz hinter dem Baumstamm hervor und zog sich dann wieder zurück. Er musste auf einen herunter-

gefallenen Ast getreten sein und das Gleichgewicht verloren haben.
Estelle stieß einen spitzen Schrei aus. Valentin Kerner ließ den Spaten fallen und stürmte auf die Eiche zu. Blitzschnell war er hinter dem Stamm und packte den Jungen. Er schleifte ihn an seinem Anorak einen Meter weiter. Dann schüttelte er ihn wütend. »Ihr schon wieder!« Etwas fiel dem Jungen aus der Hand und landete mit einem dumpfen Geräusch im Gras. Es war eine Videokamera.
»Er hat Kerner gefilmt«, zischte Franzi.
»Wo ist der zweite Typ, sag schon!«, rief Valentin Kerner außer sich. Er schüttelte den Jungen erneut.
»Ich … b… bin allein da«, stotterte der Junge.
»Das ist aber nicht klug«, raunte der Designer.
Der Junge bückte sich, um seine Kamera aufzuheben, aber Valentin Kerner stieß ihn weg. »Die lässt du mal schön da, mein Lieber!« Er packte die Kamera und reichte sie Estelle. »Hier, steck die mal ein. Und du verschwindest jetzt von hier – und ihr lasst mich in Zukunft in Ruhe!« Er stellte sich drohend über den am Boden liegenden Jungen. »Hast du mich verstanden? Das nächste Mal werde ich nämlich *richtig* unangenehm!«
Der Junge rappelte sich auf, sah den Designer panisch an und rannte wortlos davon.
Die drei !!! sahen sich erschrocken an.
»Das war jetzt aber ganz schön hart, wie du mit dem Jungen umgegangen bist«, sagte Estelle. Ihre Stimme zitterte leicht. »War das wirklich nötig?«
Valentin Kerner stampfte wütend auf. »Du hast ja keine Ah-

nung! Diese beiden Idioten machen mir schon seit Monaten das Leben schwer. Die waren das auch mit der Drohbotschaft am Auto!«

Kerner klappte den Spaten zusammen und verstaute ihn im Rucksack. »Mir reicht es jetzt endgültig! Ich lasse mir nicht von irgendwelchen selbst ernannten Schnüfflern meine Arbeit versauen!«

»Ist ja schon gut«, versuchte Estelle ihren Freund zu beruhigen. »Komm, lass uns gehen.«

Der Designer packte vorsichtig die gefüllten Plastikdosen in den anderen Rucksack. »Ja, lass uns heimfahren. Ich habe alles, was ich brauche.«

Das Paar schulterte die Rucksäcke und machte sich Hand in Hand auf den Rückweg.

Die drei Detektivinnen folgten ihnen unauffällig bis zum Parkplatz.

Dort verstauten Estelle und Valentin Kerner gerade die Rucksäcke und Estelles Fahrrad im Wagen. Dann stiegen sie ein und brausten davon.

»Kann mir mal jemand erklären, was das eben war?«, sagte Kim und stützte die Hände in die Seiten.

Franzi schüttelte den Kopf. »Keine Ahnung. Aber vielleicht kann uns der Junge etwas erzählen?« Sie deutete zum Rand des Parkplatzes. Dort hantierte eine Gestalt mit verwuschelten dunklen Haaren nervös an einem Fahrrad herum.

Marie zog erstaunt eine Augenbraue hoch. »Er ist immer noch da?«

»Ich glaube, er hat ein Problem mit seinem Fahrradschloss«, stellte Franzi fest. »Kommt!« Sie lief über den Parkplatz.

Der Junge bekam fast einen Herzinfarkt, als er die drei Mädchen auf sich zurennen sah. »Ihr schon wieder!«, rief er und blickte sich hektisch um, als würde er einen Fluchtweg suchen. Er rüttelte an seinem Schloss.

Franzi winkte beschwichtigend. »Alles in Ordnung. Wir wollen nur mal kurz mit dir reden. Wir haben eben gesehen, wie dieser Valentin Kerner mit dir umgegangen ist. Und dass er dir deine Kamera abgenommen hat.«

»Woher, wieso …« Der Junge sah Franzi aus großen Augen an. »Wer seid ihr?!«

Marie zog wortlos eine ihrer Visitenkarten aus der Hosentasche und reichte sie dem Jungen. Er las und nickte sofort anerkennend. »Detektivinnen, sehr cool!« Dann zog er seinerseits ein kleines Kärtchen aus der Jackentasche und hielt es Franzi hin. »Wir sind wohl so etwas wie Kollegen.« Jetzt lächelte er.

Franzi las vor, was in grünen Buchstaben auf das hellbraune Papier gedruckt war:

Pro Natur – contra Umweltsünder! Max & Moritz Busch, Umweltdetektive.

»Ich bin übrigens Max, und Moritz ist mein jüngerer Bruder.« Der Junge nickte zufrieden. »Ihr seid diesem miesen Pflanzenverchecker also auch auf der Spur. Vielleicht können wir zusammenarbeiten und ihm das Handwerk legen!«

»Ähm«, machte Franzi. »Klar.« Sie sah ihre Freundinnen fragend an.

»Ja, sicher«, antwortete Marie und strich sich eine Haarsträhne hinter das Ohr. »Aber du müsstest uns vielleicht erst mal das mit dem … *Pflanzenverchecker* … erklären.«

Max stutzte. »Gut, ob er sie vercheckt, wissen wir tatsächlich nicht genau. Wir nehmen es aber an.« Er schüttelte den Kopf. »Warum sonst sollte jemand so oft und regelmäßig unter Naturschutz stehende Pflanzen ausgraben oder von Mittelsmännern beschaffen lassen?«
Marie blieb der Mund offen stehen.
Max redete ohne Punkt und Komma weiter. Er erklärte, dass er und sein Bruder Mitglieder in einer Naturschutzvereinigung waren, die ihrer Meinung nach jedoch viel zu lasch mit Umweltsündern umging. Daher hatten sie sich selbst zu ›Umweltdetektiven‹ ernannt, die mit härteren Methoden arbeiteten. »Wir verfolgen jeden gnadenlos, der die Natur ausbeutet und sich nicht an die Regeln hält. Die Leute kapieren es sonst nicht.« Max verschränkte die Arme vor der Brust.
»Und ihr schreckt auch vor Drohungen nicht zurück?«, fragte Franzi vorsichtig. »Wie zum Beispiel eindeutige Botschaften an Autos?«
Max nickte heftig. »Genau. Diesem Kerner haben wir eine Botschaft zukommen lassen. Wir hatten ihn schon seit Monaten auf dem Radar. Er hat an verschiedenen Stellen im Wald sehr seltene Orchideen ausgegraben, die vom Aussterben bedroht sind. Einmal haben wir ihn vor Ort zur Rede gestellt, aber er hat uns nur ausgelacht.« Max schnaubte verächtlich. »Und dann haben wir an einer frischen Grabungsstelle im Wald seine Visitenkarte gefunden. Er muss sie dort verloren haben, als er eines der letzten Exemplare der *Paphi-*

opedilum ausgerissen hat! Ab da wussten wir, wie der Verbrecher heißt und wo er wohnt. Dann haben wir ihn beschattet und sogar seine Telefonate belauscht.« Er kratzte sich am Kopf. »Na ja, das habt ihr ja mitbekommen … Wir denken darüber nach, uns Zugang zu seinem Haus im Industrieviertel zu verschaffen, um seinen illegalen Pflanzenhandel hochgehen zu lassen.«

»Das ist aber ganz schön krass, wie ihr da vorgeht«, warf Marie ein.

»Es ist ja auch total krass, was der Typ macht!«, rechtfertigte sich Max. »Sämtliche Orchideenbestände in Deutschland sind gefährdet und vom Aussterben bedroht. Die Umweltbedingungen verändern sich und die Pflanzen können sich an die neuen Lebensräume nicht immer anpassen. Und dann kommen solche Trottel daher und graben auch noch die letzten Exemplare aus! Das darf einfach nicht sein.« Max hatte ein ganz rotes Gesicht, so sehr regte er sich auf. »Das heute auf dem Waldfriedhof war echt die Höhe! Hier gibt es erst seit Kurzem wieder eine Kolonie vom extrem gefährdeten *Frauenschuh*, noch dazu eine total seltene Albino-Naturform. Er hat ohne Rücksicht auf Verluste etliche Pflanzen einfach mitgenommen!«

Franzi zuckte zusammen. »Du meinst die kleinen weißen Blumen hinter den Urnengräbern?«

»Genau.«

Kim blinzelte irritiert. »Hast du eben *Frauenschuh* gesagt?«

»Ja. So werden die *Paphiopedilum*-Pflanzen auch genannt – die Blütenform erinnert nämlich an einen kleinen Pantoffel oder eben an einen Schuh.«

Marie schlug sich vor die Stirn. »Dann hat Kerner bei dem Telefonat damals die Orchideen gemeint und kein Schuhmodell!«
Kim und Franzi nickten langsam.
»Das verstehe ich jetzt gerade nicht«, sagte Max.
»Macht nichts, ist auch nicht so wichtig«, antwortete Marie schnell. »Sag mal, warum bist du eigentlich heute alleine gekommen? Es ist doch ziemlich gefährlich, so eine Aktion wie heute ohne Partner durchzuziehen.«
»Ja, das war echt blöd«, antwortete Max. »Aber es ging nicht anders: Moritz liegt seit gestern mit Grippe im Bett. Er konnte unmöglich mitkommen.«
Franzi nickte. »Verstehe.«
»Ich dachte, ich hab ja alles auf Video und wir können diesen Kerner jetzt endlich anzeigen!« Max ließ den Kopf hängen. »Und jetzt hat er die Kamera und vernichtet das Beweismaterial wahrscheinlich gerade.«
Marie stampfte mit dem Fuß auf. »Wir holen uns die Kamera! Jetzt gleich. Vielleicht ist es noch nicht zu spät.« Sie hielt ihre Hand hoch. »Wir sind immerhin zu viert. Da wird er klein beigeben!«
Es klatschte drei Mal laut, als Kim, Franzi und Max nacheinander bei Marie einschlugen.
»So, und jetzt noch unser Powerspruch«, sagte Kim plötzlich. »Ich brauche für diese Mission eine Extra-Portion Energie!«
Marie und Franzi nickten sofort. Die drei Mädchen stellten sich eng zusammen und legten ihre Hände aufeinander. »Die drei !!!«, sprachen sie feierlich im Chor. Dann sagte Kim »Eins!«, Marie »Zwei!« und Franzi rief: »Drei!« Zum

Schluss rissen sie gleichzeitig die Hände in die Luft und riefen: »Power!!!«
Max grinste. »Und das hilft?«
Franzi grinste zurück. »Eigentlich immer!« Sie schnippte locker gegen das Schloss an Max' Fahrrad. Es schnappte sofort auf.
»Siehst du?«, fragte Franzi stolz. Aber ihr Blick verriet, dass sie selbst überrascht war.
Max nickte anerkennend.
Die drei Detektivinnen holten ihre Räder, die im Laub versteckt lagen. Dann rasten sie los.

Als sie zehn Minuten später das Industrieviertel erreichten, dämmerte es bereits. Die schweren Gewitterwolken hingen noch immer am Himmel und verdeckten den Mond, sodass es bereits fast stockdunkel war. Im Eingangsbereich der kleinen Fabrik brannte Licht. Aber als Franzi energisch auf die Klingel drückte, öffnete ihnen niemand. »Der wird sich nicht vor uns drücken«, zischte sie. »Sein Auto steht da vorne, die sind zu 100 Prozent da!«
»Es gibt noch einen Hintereingang«, sagte Max. »Kommt!« Er lief an der linken Seite des Backsteinbaus entlang. Die drei !!! folgten ihm. Max schlüpfte durch einen Durchgang in einer Mauer. Zielstrebig steuerte er auf eine dunkle Nische hinter einem Holzstapel zu. »Hier!«, sagte er und deutete auf eine Stahltür vor ihnen. »Die haben wir mal zufällig entdeckt.«
Marie hob eine Augenbraue. »Du kennst dich aber sehr gut auf diesem fremden Grundstück aus.«

Max zuckte die Schultern. »Wir haben uns bei diesem Umweltkriminellen eben etwas umgesehen. Aber wir sind nicht reingegangen – obwohl nicht abgeschlossen war. Jetzt ist das was anderes …«

Marie schluckte. Sie dachte an ihre Aktion vom Vortag. Die war schließlich auch nicht gerade korrekt gewesen. Aber sie hatten dafür ja auch die Rechnung erhalten. Was erwartete sie jetzt wohl?

Max zog an der Türklinke. Die Tür schwang knarrend auf. Ein langer, schmaler, unbeleuchteter Gang lag vor ihnen. Sie traten vorsichtig ein. Kim zog ihre Mini-Taschenlampe hervor. »Gut, dass ich die heute eingesteckt habe«, murmelte sie und ging voraus.

Am Ende des Flurs gab es wieder eine Tür. Sie führte direkt in den Raum mit den langen Reihen von Bücherregalen. Nur die Lampe auf dem Schreibtisch war eingeschaltet und beleuchtete die Halle spärlich. Kim blieb abrupt stehen. »Es sieht irgendwie anders aus als gestern!«

Max warf ihr einen irritierten Blick zu. »Ihr wart schon mal hier?«

Kim tat so, als hätte sie seine Frage nicht gehört. »Das Regal dahinten an der Wand«, flüsterte sie. »Ein Teil davon fehlt!«

Franzi nickte. »Genau hier hat die Tasche mit der Leiche gelegen.«

Max riss Augen und Mund auf. Er sah die drei !!! an, als hätten sie sich eben in Zombies verwandelt. »Was zum Teufel …«

Marie winkte ab. »Ganz ruhig, Franzi meint: die Tasche, in der wir eine Leiche *vermutet* haben. Es war aber keine drin.«

Max schüttelte den Kopf. Er sah kein bisschen beruhigt aus. »Könnt ihr mir mal erklären, was hier gespielt wird?«, fragte er leise.

»Leider nicht wirklich«, flüsterte Kim zurück.

Franzi war unterdessen zum Regal gelaufen. Sie winkte die anderen herbei.

Marie trat neben Franzi. Sie sah, dass der mittlere Teil des Bücherregals wie eine Tür nach innen geklappt war. Auf mittlerer Höhe waren einige Bücher verschoben worden, an der Rückwand dahinter war ein Schieberiegel zu sehen. Das Regal verbarg einen geheimen Zugang!

Marie versuchte leise und regelmäßig zu atmen, obwohl sie total aufgeregt war. Was ging hier vor sich? Was versteckte der Designer hinter diesem Regal? Sie schob sich weiter vor und wagte einen Blick.

Marie sah in einen fensterlosen Raum hinein, an dessen Decke eine Menge Rohre verliefen. Ein leises Surren erfüllte die Luft und nackte Glühbirnen strahlten ein bläuliches Licht aus. An den Wänden zogen sich lange Reihen von Stahltischen entlang. Darauf befanden sich Dutzende Glaskästen, in denen Grünpflanzen wuchsen.

Plötzlich zuckte Marie zusammen. An einem Tisch ganz hinten an der Wand standen der Designer und Estelle mit dem Rücken zu ihnen! Sie beugten sich über etwas. Marie ging noch ein Stück vor, um besser sehen zu können. Am Rand des Tischs standen die Plastikbehälter, in denen er die ausgegrabenen Orchideen transportiert hatte. Marie spürte, dass Kim und Franzi sich dicht hinter ihr drängten und ebenfalls gebannt auf die Szene starrten.

Die Stimme des Designers war zu hören: »Gib mir mal das Skalpell.«
Marie spürte, wie ihr eine Gänsehaut den Rücken hinablief. Etwas klirrte. Kurze Zeit später sagte Valentin Kerner mit zufriedener Stimme: »So, die Wurzeln sind präpariert, jetzt kann das Pflänzchen in die Nährlösung!«
Estelle legte den Arm um den Designer. Sie kicherte. »Du und dein merkwürdiges Hobby.«
Kerner lachte auf. »Das ist kein Hobby, meine Liebe – es ist meine Passion!« Er hantierte weiter. »Ich werde in die Geschichte der Orchideenzucht eingehen! Der schwarz-weiß gestreifte *Paphiopedilum*-Hybrid wird die Krönung meiner Arbeit sein! Zehn Jahre *harter* Arbeit!«
Estelle zuckte mit den Schultern. »Und das geht wirklich nur mit dieser Albino-Form vom Friedhof?«
»Exakt. Nur mit ihr habe ich eine Chance! Die Kreuzungen mit den anderen Naturformen waren nur die Vorbereitung.«
Marie schüttelte den Kopf. Es war nicht zu fassen! Valentin Kerner war Orchideenzüchter!
Sie sah aus dem Augenwinkel, wie Max mit geballten Fäusten dastand. Seine Augen blitzten vor Wut. Er zischte: »Für so einen Züchterwahnsinn wildert er in der Natur herum und nimmt in Kauf, dass ganze Populationen aussterben. Das ist Irrsinn!« Er warf einen prüfenden Blick in den Raum. Dann nickte er zufrieden. »Keine Fenster und keine weiteren Fluchtmöglichkeiten.«
Die drei !!! verstanden sofort, was er meinte.
Marie griff an ein Regalbrett und begann die Geheimtür zu sich heranzuziehen. Es ging erstaunlich leicht. Nicht das lei-

seste Geräusch war zu hören, nur die Stimme des Designers, der sagte: »Drück mir die Daumen, Estelle. Wenn es funktioniert, habe ich mein Lebenswerk vollbracht.«
Das Regal schloss mit einem leisen Klacken. Max schob den Riegel vor. In der Kammer blieb alles ruhig.
»Ich bin gespannt, wann sie merken, dass sie eingeschlossen sind«, sagte Franzi. Sie sah Kim und Marie an. »Es ist an der Zeit, Kommissar Peters anzurufen, oder?«

Alles läuft schief

Marie riss die Augen auf. Sie blinzelte und sah noch mal hin. Nein, sie hatte sich nicht getäuscht. Was sich hier gerade abspielte, war einfach unglaublich! Sie stürzte los.
Atemlos kam sie bei Franzi und Kim an, die vor dem Pferdeschuppen standen und auf Frau Winkler einredeten. An der Seite waren die drei Stühle aus ihrer Sitzecke aufgestapelt und der Rollcontainer blitzte in der Sonne. Daneben standen einige der Asservatenkartons, in denen sie die Beweismittel von alten Fällen aufbewahrten.
»Was ist hier denn los?«, fragte Marie.
»Ein Missverständnis«, sagte Frau Winkler kleinlaut. »Alles ist ein großes Missverständnis.« Ihre Wangen waren gerötet und sie nestelte verlegen am Kragen ihrer Bluse herum. »Ich hab doch nicht geahnt …«
Sie wurde von der fröhlichen Stimme ihrer Freundin Katja unterbrochen: »Hallihallo! Da hat jemand sein Fahrrad mitten auf dem Weg liegen lassen, gehört das einer von euch?« Die Frau lächelte ihr perlweißes Lächeln und zupfte das Tuch zurecht, mit dem sie ihre Haare hochgebunden hatte.
Marie nickte. »Ich hole es gleich.« Sie stemmte die Arme in die Seiten. »Aber erst, wenn ich weiß, was hier gespielt wird.«
Katja sah irritiert drein. »Ja, wir ziehen das mit dem Café durch. Quasi als Probelauf. Am Samstag kommen alle unsere Freundinnen vom Hausfrauenbund und vom Bridge-Club.« Sie rieb sich die Hände. »Wenn das ein Erfolg wird, können wir hier richtig loslegen.«

Marie wurde beinahe schwarz vor Augen. Ihr fehlten die Worte. Auch Franzi schüttelte sprachlos den Kopf. Wieder einmal hatte es Katja geschafft, die drei !!! zum Verstummen zu bringen.
Frau Winkler räusperte sich. »Katja, das war vielleicht doch alles etwas schnell und, ähm, unüberlegt.«
»Warum das denn?« Katja sah erstaunt in die Runde. »Der Schuppen ist doch der ideale Ort für unser Café! Und die Mädchen benutzen ihn nicht mehr.«
Bevor die drei !!! etwas entgegnen konnten, lief Katja zur Holztür und hob eine große weiße Pappe auf. Jemand hatte in schwungvoller rosafarbener Schrift *CAFÉ EINSPÄNNER* darauf gemalt. Darunter stand in Druckbuchstaben: *Wiener Kaffeespezialitäten & Delikatess-Gebäck.*
Kim schüttelte entsetzt den Kopf.
Katja strahlte. »Der Entwurf ist doch schon mal toll. Wartet ab, bis wir das Schild vom Handwerker bekommen, es wird hochprofessionell aussehen.« Sie lief zum Eingang des Schuppens und rief über die Schulter: »Die antike Kutsche bleibt natürlich hier stehen. Sie ist ja schließlich Namensgeber für unser Café! Wir müssen sie nur wieder schwarz anmalen. Dieses bunte Muster ist ja süß, aber völlig unpassend – sollen das eigentlich Ausrufezeichen sein?« Ohne eine Antwort abzuwarten, redete Katja weiter: »Wisst ihr, dass ein *Einspänner* nicht nur eine Kutsche ist, sondern der Name für eine Wiener Kaffeespezialität? Es ist ein kleiner Mokka mit einer Haube Obers, also Schlagsahne, drauf. Den haben in Wien die Fiaker im Winter draußen auf ihren Kutschen getrunken, durch die Sahnehaube blieb der Kaffee länger heiß.«

»Ach ja?«, sagte Franzi und sah ihre Freundinnen hilflos an. Katja nickte und ging in den Schuppen hinein. »Wollt ihr uns helfen?«, drang ihre Stimme dumpf hervor. »Wir müssen noch die Regale ausräumen.«
»Auf gar keinen Fall!«, sagte Marie laut. »Und unsere Kutsche streicht niemand schwarz an!«
Aber Katja schien sie nicht zu hören.
»Mama, bitte!«, flehte Franzi. »Jetzt rede endlich mit deiner Freundin. Wir haben dir doch alles erklärt.«
Frau Winkler nickte hektisch und eilte hinter ihrer Freundin her. »Katja, warte, ich glaube, wir müssen was besprechen«, rief sie. Ihre Stimme klang panisch.
»Ich glaube, ich spinne«, schimpfte Marie. »Hier läuft ja wohl gerade alles schief! Wie konnte das passieren?«
Franzi biss sich auf die Lippe. »Wir waren so mit unserem Fall beschäftigt, dass ich vergessen habe, Mama noch mal anzusprechen. Sie muss wirklich geglaubt haben, dass der Pferdeschuppen uns nicht mehr wichtig ist.«
Kim nickte. »Als Katja am Montag die Kaffeemaschine hier angeliefert hat, haben wir zwar gesagt, dass das jetzt nicht so günstig ist, aber wir dachten, dass sie sie nur kurz unterstellt. Und dann sind wir auch gleich weggefahren. Wir haben Katja natürlich nicht gesagt, warum wir so schnell abhauen und dass du uns angerufen hast.«
»Deshalb hat sie geglaubt, dass wir sowieso die ganze Zeit unterwegs sind, um uns woanders zu treffen«, fügte Franzi hinzu.
»Wer hat ihr denn erzählt, dass wir im Schuppen bloß *Mützen häkeln* und *Pferdepuzzles* machen?«, fragte Marie spitz.

Franzi lief rot an. »Mann, ich dachte damals, dass sie uns über den Detektivclub ausfragt.« Sie sah Marie böse an. »Ich wollte sie doch nur ablenken.«
Kim schüttelte den Kopf. »Jetzt hört doch auf, euch anzuzicken. Das hilft uns auch nicht weiter!«
Marie seufzte. Kim hatte natürlich recht. Aber sie war so sauer auf diese Katja, irgendwo musste sie eben mit ihrer schlechten Laune hin! Warum musste es auch ausgerechnet jetzt diese Komplikationen geben? Sie hatten sich heute spontan verabredet, weil Kommissar Peters Kim ganz überraschend angerufen hatte. Marie war so gespannt! Kim wollte ihnen die letzten Details berichten, die der Kommissar vorhin erzählt hatte. Aber jetzt mussten sie zunächst die Sache mit dem Pferdeschuppen klarstellen. Schließlich stand die Zukunft ihres Hauptquartiers auf dem Spiel!
Zum Glück kamen die beiden Frauen gerade wieder aus dem Schuppen. Katja machte ein ernstes Gesicht. »Na, da habe ich ja was angestellt.«
Die drei !!! warteten skeptisch ab, was Katja noch sagen würde.
Sie sah Kim, Franzi und Marie offen an. »Ich dachte wirklich, dass ihr diesen Schuppen kaum noch benutzt. Es tut mir leid.« Sie verzog den Mund. »Nun ja, wenn ich von einer Sache begeistert bin, schieße ich schon mal übers Ziel hinaus.«
»Mir tut es auch leid. Wir hätten mit euch sprechen sollen. Oder ich zumindest mit Franzi.« Frau Winkler räusperte sich. »Allerdings habe ich dich in den letzten Tagen so selten zu Gesicht bekommen …«

Franzi verschränkte die Arme vor der Brust. »Es gab viel zu tun.«
»Wie auch immer«, schaltete sich Katja wieder ein. »Ihr könnt euren Pferdeschuppen natürlich behalten, um hier in Ruhe eure Handarbeiten zu machen.« Sie lächelte. »Elke und ich werden uns eine andere Bleibe für das Café suchen.«
»Das ist toll«, sagte Franzi. »Vielen Dank.«
Marie nickte ebenfalls erleichtert. »Vielen Dank für Ihr Verständnis. Ich werde meinen Vater und Tessa fragen, ob sie jemanden kennen, der schöne Räume zur Verfügung stellen kann. Die beiden haben ja viele Kontakte.«
Katja zog sich das Tuch vom Kopf und ordnete ihre Haare. »Das ist sehr lieb von dir, danke!« Sie sah Frau Winkler an. »Wir könnten am Samstag zunächst mal ins Vereinsheim vom Frauenbund ausweichen. Gregor vom *Café Lomo* hat einen Kleinkombi, er hilft uns bestimmt, diese wundervolle Kaffeemaschine dorthin zu transportieren.«
»Das ist eine gute Idee«, sagte Frau Winkler. Sie sah erleichtert aus. »Den Kühlschrank und den Backofen müssten wir allerdings zunächst bei euch stehen lassen. Ist das in Ordnung?«
Franzi grinste über das ganze Gesicht. »Kein Problem! Wenn wir keine Lust mehr auf Häkeln haben, können wir vielleicht einen Kuchen backen.«
Marie und Kim verdrehten die Augen. Dann musste Marie doch grinsen. »Und jetzt wollen wir unbedingt in unser Hauptquartier, wir haben noch ein *Puzzle* fertig zu machen.« Sie sah ihre Freundinnen vielsagend an.
Katja tippte Frau Winkler auf den Arm. »Komm, wir rufen

Gregor an.« Sie zog sie mit sich fort. Nach drei Schritten drehte sie sich noch einmal um und murmelte: »Schade, so ein entzückender Ort.« Dann winkte sie den drei !!! und rief: »Tschüssi, und bis bald mal wieder.«
Franzi schluckte. »Besser nicht«, murmelte sie.

Zwanzig Minuten später ließ sich Marie erleichtert auf einen der Stühle sinken, die sie zurück in den Schuppen geholt und um den Tisch gruppiert hatten. Auch der Rollcontainer stand wieder an seinem Stammplatz neben dem Bollerofen. Kim hatte die dicke Staubschicht abgewischt, die die Oberfläche bedeckte, und geprüft, ob das Geheimfach noch geschlossen war.
»Da ist ja wohl alles schiefgelaufen«, sagte sie. »Aber Hauptsache, es ist gut ausgegangen.« Sie beugte sich vor und wischte über das Fensterbrett. »Sauber machen könnten wir auch mal wieder. Das ist ja total staubig hier.«
»Kim!«, riefen Franzi und Marie gleichzeitig. Franzi rutschte unruhig auf ihrem Stuhl hin und her. »Fang jetzt endlich an zu erzählen. Ich platze sonst!«
»Wir mussten sowieso schon so lange warten, jetzt spann uns nicht weiter auf die Folter!«, rief Marie. »Leg endlich die letzten Puzzleteile auf den Tisch!«
»Von *Puzzles* möchte ich nichts mehr hören«, warf Franzi mit düsterer Stimme ein. Dann grinste sie. »Aber erzähl schon, was hat Kommissar Peters rausgelassen? Hat Valentin Kerner ihm tatsächlich gleich gestern Nacht nach seiner Festnahme alles gestanden?«
»Kommissar Peters hat ihn ja nicht festgenommen. Das geht

nur mit einem Haftbefehl vom Staatsanwalt«, stellte Kim klar. »Der Kommissar hat ihn ...«

Ein leises Klopfen an der Tür unterbrach Kim.

»Ja?«, rief Franzi. Die schwere Holztür öffnete sich mit einem Knarren und Frau Winkler erschien im Türrahmen. Sie trug ein Tablett mit einem Kirschkuchen, Geschirr und einer Teekanne.

Sie lächelte. »Ich bin gleich wieder weg. Aber ich wollte euch noch was vorbeibringen.« Sie stellte das Tablett im Regal neben der Tür ab. »Mein Versprechen gilt schließlich noch, solange die Sachen hier drinstehen.« Sie winkte und verschwand.

»Danke, Mama!«, rief Franzi ihr hinterher. Sie seufzte. »Das ist ja nett. Aber bitte, Kim, sag nicht, dass du jetzt erst ein Stück Kuchen brauchst, bevor du weitererzählen kannst!«

Kim schüttelte den Kopf. »Ich halte es noch ein paar Minuten aus. Also, wo war ich stehen geblieben?« Sie kratzte sich an der Nase.

»Bei Valentin Kerner, den Kommissar Peters gestern nicht verhaftet hat«, rief Franzi aufgeregt. »Jetzt sag bloß, der Idiot ist wieder auf freiem Fuß und gräbt geschützte Pflanzen aus und kupfert nebenher Schnittmodelle anderer Designer ab?« Sie holte tief Luft und fuhr fort: »Wenn er nicht komplett verrückte Horrorshows veranstaltet, Säcke voll Rindenmulch durch die Gegend schleppt oder in seinem Frankenstein-Labor an armen Orchideen herumschnippelt.« Franzi knallte die flache Hand auf den Tisch. »Ich will endlich wissen, was alles dahintersteckt! Und ich will, dass der Typ hinter Gitter kommt!«

Kim lehnte sich zurück. »Ganz ruhig. Eins nach dem anderen.«
Sie schloss die Augen und konzentrierte sich. »Also: Peters hat den Designer und seine Freundin Estelle gleich gestern Nacht noch vor Ort befragt. Er hat es sehr ernst genommen, was Max ihm über Kerners illegale Pflanzenausgraberei erzählt hat.«
Franzi beugte sich nach vorne. »Das haben wir ja noch mitbekommen, bevor wir dringend nach Hause zu unseren Eltern mussten. Ihm und Estelle drohen bis zu fünf Jahre Gefängnis, weil sie die unter Naturschutz stehenden *Frauenschuhe* ausgegraben haben. Deshalb verstehe ich nicht, warum er immer noch auf freiem Fuß ist!«
Marie nickte heftig. »Max hatte auf dem Schreibtisch doch die Kamera gefunden, auf der immer noch das Beweisvideo war. Reicht das nicht?«
»Klar«, sagte Kim. »Aber ich hatte Kommissar Peters noch schnell gebeten, Valentin Kerner einen kleinen Deal vorzuschlagen.«
Franzi sah sie mit großen Augen an. »Was heißt das?«

»Kommissar Peters hat Valentin Kerner gesagt, dass er die Haftstrafe von ihm und von Estelle in eine Geldbuße umwandeln würde, wenn er einige Auflagen erfüllt.«
»Das hat der Kommissar gemacht?« Marie zog erstaunt eine Augenbraue hoch. »Das ist ja ein Ding!«
Kim zuckte mit den Schultern. »Ich habe den Verdacht, dass dem Kommissar langweilig war. Er hat mir erzählt, dass er in der Nacht Bereitschaftsdienst hatte und nichts los war. Da hat er sich eben ausführlich mit Valentin Kerner beschäftigt – bis in den frühen Morgen hinein.«
»Das geschieht Kerner recht!«, warf Franzi ein.
»Und welche Auflagen hat Peters ihm gemacht?«, wollte Marie wissen.
Kim rieb sich die Hände. »Als Erstes natürlich, dass er nie wieder geschützte Pflanzen anfasst. Dann, dass er eine vierstellige Summe an den Naturschutzbund spendet. Und schließlich, dass er ihm alles zu den beiden gleichen Kleidern erzählt.«
Marie grinste. »Kim Jülich, das war genial!« Sie rutschte unruhig auf ihrem Stuhl hin und her. »Und jetzt sag schon: Stimmt meine Vermutung?«
»Ich glaube, ich könnte noch besser erzählen, wenn ich vielleicht doch ein klitzekleines Stück Kuchen bekomme.« Kim schielte zum Tablett. »Valentin Kerner hat wirklich alles ausgepackt. Er hat dem Kommissar so viele Details erzählt … das ist ganz schön viel, kann ich euch sagen. Ich muss mich

sehr konzentrieren, damit ich nichts vergesse.« Sie zuckte mit den Schultern und lächelte entschuldigend.

»Dafür brauchst du natürlich etwas Süßes, klar!« Franzi schüttelte den Kopf. »Du bist unmöglich!« Aber sie stand auf und servierte blitzschnell drei saftige Stücke Kirschkuchen und schenkte Tee ein.

»So, jetzt leg endlich los!«

Kim nahm einen Bissen Kuchen und kaute genüsslich. »Du hattest recht, Marie«, nuschelte sie schließlich. »In diesem Vertrag, den du gestern Abend auf dem Schreibtisch in der Bibliothek gefunden hast, ist alles geregelt.«

Marie wurde es ganz heiß. »Das war ein abgekartetes Spiel!«

»Genau!« Kim spülte das Kuchenstück mit einem Schluck Tee runter. »Donata Walden und Valentin Kerner sind schon seit längerer Zeit befreundet. Beide sind ziemlich ehrgeizig und fanden, dass sie viel zu wenig Aufmerksamkeit für ihre Modekollektionen bekommen. Also haben sie überlegt, wie sie das ändern und das Interesse der Öffentlichkeit wecken könnten.«

»Und deshalb haben sie auf der Fashion-Show den Skandal inszeniert!«, rief Marie aufgeregt.

»Genau«, antwortete Kim. »Sie haben nur so getan, als würden sie darüber streiten, wer von wem abgekupfert hat. In Wirklichkeit haben die beiden das Modell mit der besonderen Knopfleiste gemeinsam entworfen! Sie wollten, dass die anwesenden Journalisten aufmerksam werden und dann die beiden Kleider überall in der Zeitung abgebildet werden.«

»Das hat ja auch gut funktioniert«, sagte Franzi. »Selbst mei-

ne Eltern haben sich über das ›Plagiats-Kleid‹ unterhalten, nachdem sie davon in der Zeitung gelesen hatten. Und die beiden interessieren sich nicht für Mode.«
Marie nickte. »Der Plan ist aufgegangen.« Sie aß ein winziges Stück von ihrem Kirschkuchen. »Ziemlich abgebrüht, finde ich. Und dass sie sogar einen ganzen Vertrag dazu aufgesetzt haben, in dem sie ihre Zusammenarbeit im Vertrieb und Marketing für diesen Kleiderentwurf geregelt haben, ist schon ein starkes Stück.«
»Sie haben fest an den Erfolg geglaubt. Kerner hat dem Kommissar erzählt, dass er und Donata nächste Woche sogar eine Versöhnung vortäuschen wollten, damit sie noch mehr Aufmerksamkeit erregen. So nach dem Motto: *Etwas Geniales kann eben auch zwei Mal gedacht werden. Seht alle her: zwei Genies – ein Entwurf!*«
Franzi schüttelte den Kopf. »Ganz schön durchgeknallt!«
Kim nickte. »Das Komische ist übrigens, dass wir den Vertrag die ganze Zeit vor der Nase hatten: Zunächst, als wir Kerner zum ersten Mal bei der Fashion-Show getroffen haben. Der Vertrag war in dem orangefarbenen Umschlag drin, den er fallen gelassen hat. Und dann …«
»Im Atelier von Donata Walden«, rief Franzi dazwischen. »Da lag er auf der Kommode und wir dachten, sie wird von Kerner erpresst.«
»Genau. Und jetzt wird es echt interessant!« Kim holte tief Luft.
»Valentin Kerner war gerade im Atelier, als wir Donata Walden besucht haben!«
Marie und Franzi blieb der Mund offen stehen.

»Wie bitte?«, fragte Marie verwirrt. »Er war die ganze Zeit dort und wir haben ihn nicht bemerkt?«
»Er war gerade da, weil er den unterschriebenen Vertrag abholen wollte. Wir sind etwas zu früh zu dem Termin gekommen und da hat er sich im Nebenzimmer versteckt.« Kim strubbelte sich durch die Haare. »Dann hat ihm unser Gespräch aber zu lange gedauert und er hat versucht, unauffällig durch den Garten nach draußen zu schlüpfen.«
»Die Gestalt mit dem schwarzen Kapuzenpulli!«, rief Franzi. »Wir haben ihn gesehen!«
Marie zog die Stirn in Falten. »Warum hat er sich überhaupt versteckt? Er hätte doch irgendeine Ausrede erfinden können und ganz normal an uns vorbeispazieren können!«
Kim seufzte. »Donata Walden und er haben sich eingebildet, wir würden etwas von ihrem Plan ahnen und könnten alles zunichtemachen. Wir hatten ihr ja unsere Hilfe angeboten und uns als Detektivinnen vorgestellt. Sie dachten, es sei besser, wenn wir den Designer nicht bei ihr sehen. Offiziell waren sie ja Konkurrenten.«
Franzi stöhnte. »Mann, ist das kompliziert!«
»Hab ich doch gesagt«, nuschelte Kim mit vollem Mund. Sie schluckte und schob Franzi ihren leeren Teller hin. »Kann ich bitte noch ein zweites Stück haben?«
Ihre Freundin sorgte sofort für Nachschub.
»Übrigens stammte der Fußabdruck im Rosenbeet von Valentin Kerner.«
»Lass mich raten«, sagte Marie sofort. »Donata Walden hat das Beet mit dem Mulch zugeschüttet, weil sie Angst hatte, dass wir das rausfinden?!«

»So ähnlich war es«, antwortete Kim. »Sie hat es nicht selbst gemacht, sondern der Gärtner. Der hat am Nachmittag die Erde angeliefert, und sie hat ihn gebeten, gleich etwas davon im Beet zu verteilen.«

»Was für ein Aufwand!« Marie nahm einen Schluck Tee und sah nachdenklich drein. Dann stutzte sie. »Sag mal, dieser Sack Mulch, den der Designer zusammen mit Estelle in sein Atelier gebracht hat, stammte der etwa aus dieser Lieferung bei Donata?«

»Gut kombiniert!« Kim nickte anerkennend. »Sie hat ihn an Valentin Kerner verschenkt, weil sie zu viel von dem Zeug hatte und er es gut für seine Orchideen brauchen konnte.«

»Oh nein«, rief Franzi. »das ist doch wirklich der blödeste Zufall, den es geben kann: dass er den Mulch ausgerechnet in dem Moment abtransportiert hat, in dem wir ihn dabei beobachtet haben – und sofort dachten, dass er darin Donata Walden verschleppt.«

Marie verzog den Mund. »Ein Zufall wie in einem ganz schlechten Krimi.«

»Das kannst du laut sagen.«

Franzi schenkte nach und stellte die Kanne wieder auf dem Tisch ab. »Da haben wir also die Lösung des Plagiatsfalls, der gar kein richtiger war.« Sie sah Kim an. »Ich wüsste jetzt noch gerne, was diese Horrorshow auf dem Laufsteg bei Valentin Kerner bedeuten sollte. Das war doch echt total daneben.«

Kim verstrich konzentriert einen Klacks Sahne auf ihrem dritten Kuchenstück. »Das hätte ich jetzt beinah vergessen. Dabei war das ein Detail, das den Kommissar besonders geärgert hat.« Sie räusperte sich. »Er meinte, dass wir uns mal wieder unbedacht in Gefahr begeben hätten und er uns demnächst wieder einen Vortrag zum Thema ›Hausfriedensbruch‹ halten will.«

Marie legte ihre Gabel zur Seite. »Wir mussten doch nachsehen, ob der Designer Donata gefangen hält – außerdem stand die Tür offen!«

»Klar, das sehe ich ja genauso.« Kim zuckte mit den Schultern. »Aber Peters hat gesagt, wir hätten sofort die Polizei anrufen müssen.«

Franzi rührte in ihrer Teetasse. »Das ist doch jedes Mal das Gleiche«, stellte sie genervt fest. Sie klopfte ungeduldig mit dem Löffel gegen die Tasse. »Hat er dir trotzdem was zur Geistershow erzählt?«

Kim nickte. »Kerner wollte uns abschrecken und loswerden. Er hatte diese Anlage auf dem Laufsteg ursprünglich konstruiert, um damit den Ablauf einer Show zu simulieren und zu sehen, welche Abfolge der Modelle die beste ist. Er musste also nur noch ein paar Leuchtdioden in die Augen der Schaufensterpuppen einsetzen und ein bisschen Lichtzauber betreiben – fertig war die Geisterbahn.«

»Das war trotzdem ganz schön aufwendig«, stellte Marie fest. »Ich fühle mich fast ein bisschen geehrt, dass jemand sich so viel Mühe macht, um uns abzuschrecken.«

Kim verzog den Mund. »Ich muss dich leider enttäuschen. Der Geister-Catwalk war eigentlich für Max und Moritz gedacht.«

»Wie bitte?«

»Ja! Kerner hatte schon längere Zeit bemerkt, dass ihm die

beiden Umweltdetektive auf der Spur waren. Er hat nämlich Überwachungskameras installiert. Auf denen hat er die beiden gesehen, als sie sein Atelier observierten.« Kim seufzte. »Da wollte er ihnen eine Lektion erteilen: Er wollte sie bei geeigneter Gelegenheit in das Gebäude locken, um sie dann mit der Show zu Tode zu erschrecken. Er hoffte, dass die beiden sich dann nie wieder blicken lassen.«

»Aber dann kamen wir und haben unangenehme Fragen gestellt«, sagte Marie nachdenklich. »Und er hat beschlossen, *uns* eine Lektion zu erteilen.«

Kim nickte. »Zuerst hatte er Angst, dass wir ihm und Donata den großen PR-Gag vermasseln könnten. Dann hatte er sogar den Verdacht, dass wir mit Max und Moritz zusammenarbeiten.«

Franzi blieb der Mund offen stehen. »Der Typ ist doch lächerlich!«

»Er ist besessen. Von seiner Orchideenzucht. Er wollte mit aller Macht verhindern, dass jemand hinter sein Geheimnis kommt oder sein Experiment gefährdet. Dabei hat er sich einfach in alles hineingesteigert.« Kim seufzte. »Eigentlich kann er einem leidtun.«

»Mein Mitleid hält sich in Grenzen.« Franzi schlug mit der Hand auf den Tisch. »Für mich ist der Mann unten durch!«

Marie sah nachdenklich drein. »Dass Donata Walden mit so einem Typ befreundet ist, hätte ich nicht gedacht. Und dass sie es nötig hat, so einen billigen Trick anzuwenden, um sich ins Gespräch zu bringen, auch nicht.«

Marie war wirklich enttäuscht. »Dabei war der Kleiderentwurf toll. Bestimmt hätten beide auch so damit Erfolg gehabt!«

Kim biss sich auf die Lippe. »Das glaube ich auch.«

Die drei Detektivinnen schwiegen eine Weile.

Plötzlich riss ein Handyklingeln Marie aus ihren Gedanken. Sie sah auf ihr Smartphone auf dem Tisch. »Das ist Donata Walden«, sagte sie leise.

»Was ist, willst du nicht rangehen?«, fragte Franzi. »Vielleicht will sie sich bei uns entschuldigen.«

»Kann schon sein.« Marie schüttelte den Kopf. »Aber ich will jetzt nicht mit ihr sprechen. Das war alles ganz schön viel, ich bin total durcheinander. Ich rufe sie später an. Versprochen.«

Das Klingeln verstummte.

»Was für ein komplett durchgeknallter Fall!«, sagte Franzi.

»Aber er ist gelöst«, antwortete Kim.

Plötzlich lächelte Franzi. »Wisst ihr, was das Beste an allem ist?«

Marie und Kim schüttelten die Köpfe. »Nein«, sagte Kim. »Was?«

»Ich finde es total schön, zu wissen, dass gleich neben Oma Lottis Grab so seltene Orchideen wachsen, die vom Aussterben bedroht sind!« Franzi grinste. »Das hätte sie richtig gut gefunden!«

»Bestimmt!«, riefen Kim und Marie wie aus einem Mund.

Franzi sprang auf und lief zu dem riesigen Kühlschrank an der Wand. »Und jetzt stoßen wir an!«

»Mit der Hochzeitstorte?«, fragte Marie erstaunt.

Franzi verdrehte die Augen. »Die ist doch längst ausgeliefert.«

Sie öffnete die Tür und es klirrte leise. »Ich habe mir erlaubt, ein paar Getränke unterzubringen und Eiswürfel – wenn wir schon das Monstrum hier ertragen müssen.«
»Gute Idee!«, sagte Marie. Sie sah in den Kühlschrank. Ein halbes Dutzend Cola-Flaschen waren darin gestapelt. »Da hast du ja was vor, das reicht ja für eine richtige Party«, sagte sie und lachte.
Franzi zuckte nur mit den Schultern. Sie holte Gläser aus dem Regal und schenkte die Cola ein.
Dann rief sie: »Auf mindestens hundert weitere Fälle!«
Sie stießen mit den drei randvollen, noch schäumenden Gläsern an und tranken in großen Zügen.
Kim sah auf die Uhr und zuckte zusammen. »Schon so spät! Ich muss weg – ich bin mit Michi verabredet.« Ihre Augen blitzten vor Vorfreude.
Marie setzte sich kerzengerade auf. »Und ich bin mit Holger zum Parkouring verabredet. Wie viel Uhr ist es?«
»Kurz vor sechs«, sagte Kim.
Franzi zuckte jetzt ebenfalls zusammen. »Oh, das hatte ich in der Aufregung ganz vergessen, euch zu sagen.« Sie machte ein schuldbewusstes Gesicht. »Ich habe vorhin mit Michi telefoniert.«
»Was?« Kim sah verdattert drein. »Du, mit Michi, warum?«
»Und mit Holger auch«, fügte Franzi hinzu. »Und mit Felipe natürlich auch.«
Marie öffnete den Mund. Bevor sie etwas sagen konnte, klopfte es an der Schuppentür.
»Da sind sie ja schon!«, sagte Franzi und schob ein lautes »Herein!« hinterher.

Die Tür öffnete sich. Zuerst kamen drei riesige Tüten vom Burgerladen in Sicht, dahinter sah Michi herein und zeigte sein vorwitziges Lächeln im sommersprossigen Gesicht. Dann kam Holgers Kopf mit den verwuschelten dunklen Haaren zum Vorschein, und schließlich winkte Felipe und pustete sich eine schwarze Haarlocke aus dem milchkaffeefarbenen Gesicht.

»Ich dachte, ich lade unsere Jungs zur Feier des Tages mal in unser Hauptquartier ein!«, rief Franzi übermütig.

»Weil wir immer so viel Geduld haben und warten, wenn die drei Detektivinnen mal wieder an einem Fall dran sind«, sagte Michi und stellte die Tüten auf den Tisch. Er strahlte über das ganze Gesicht. »Und weil wir natürlich unheimlich stolz auf die berühmten drei !!! sind!«

Marie warf sich in Holgers Arme, Kim in Michis, und Franzi schmiegte sich an Felipe.

Marie hob den Daumen. »Perfekte Idee, Franzi. Danke!« Sie atmete den Duft von Holgers Haaren ein und spürte seine feste Umarmung. Sie sah ihre beiden Freundinnen ebenfalls glücklich lachen. Und sie sah das Hauptquartier, das wieder ganz ihnen gehörte.

Marie spürte es ganz genau: Das war einer der schönsten Momente in ihrem Leben!